DANS MON SANG

Rebecca Makonnen

DANS MON SANG

Libre
Expression

Catalogage avant publication de Bibliothèque et Archives nationales du Québec et Bibliothèque et Archives Canada
Titre: Dans mon sang / Rebecca Makonnen. Noms: Makonnen, Rebecca, 1980- auteur. Identifiants: Canadiana (livre imprimé) 20240008731 | Canadiana (livre numérique) 20240008758 | ISBN 9782764817070 (couverture souple) | ISBN 9782764817087 (EPUB) Vedettes-matière: RVM: Makonnen, Rebecca, 1980-—Enfance et jeunesse. | RVM: Makonnen, Rebecca, 1980-—Famille. | RVM: Animatrices de radio—Québec (Province)—Biographies. | RVM: Animatrices de télévision—Québec (Province)—Biographies. | RVMGF: Autobiographies. | RVMGF: Histoires familiales. Classification: LCC PN1991.4.M36 A3 2024 | CDD 791.4402/8092—dc23

Édition : Marie-Eve Gélinas
Coordination éditoriale : Justine Paré
Révision et correction : Sabine Cerboni et Odile Dallaserra
Illustration et design graphique de la couverture : Mathilde Corbeil
Mise en pages : Chantal Landry
Photo de l'autrice : Fabiola Bouchereau

Remerciements
Nous remercions le Conseil des arts du Canada et la Société de développement des entreprises culturelles du Québec (SODEC) du soutien accordé à notre programme de publication.
Gouvernement du Québec – Programme de crédit d'impôt pour l'édition de livres – gestion SODEC.

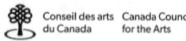 

Les Éditions Libre Expression
Groupe Librex inc.
Une société de Québecor Média
4545, rue Frontenac, 3ᵉ étage
Montréal (Québec) H2H 2R7
Tél. : 514 849-5259
editions-libreexpression.com

Dépôt légal – Bibliothèque et Archives nationales du Québec et Bibliothèque et Archives Canada, 2024

ISBN (papier) : 978-2-7648-1707-0
ISBN (numérique) : 978-2-7648-1708-7

Distribution au Canada
Messageries ADP inc.
2315, rue de la Province
Longueuil (Québec) J4G 1G4
Tél. : 450 640-1234
Sans frais : 1 800 771-3022
www.messageries-adp.com

Diffusion hors Canada
Interforum Éditis
Téléphone : 33 (0) 1 49 59 11 89 / 12 40
Service commandes France Métropolitaine
Téléphone : 33 (0) 2 38 32 71 00
Internet : www.interforum.fr
Service commandes Export — DOM-TOM
Internet : www.interforum.fr
Courriel : cdes-export@interforum.fr

À Mikaël et Fabiola

« Il faut rouvrir ses cicatrices, remuer les souvenirs,
raviver les hontes et les vieux sanglots. »

LEÏLA SLIMANI,
Le Parfum des fleurs la nuit

Elle balayait du regard sa nouvelle maison.

Les grandes pièces presque vides, le carrelage en terre cuite dans la cuisine, les murs blancs lézardés qu'elle jugeait déjà trop salissants.

C'est ici qu'elle vivrait désormais. C'est dans cette demeure que sa vie, *leur* vie, se déroulerait. Comme une mappemonde toute neuve qu'on accroche au mur avant de choisir une prochaine destination.

Elle était en Éthiopie, à l'autre bout de son monde. Elle avait renoncé au sien pour mieux embrasser le leur. Celui qu'elle partageait avec son mari depuis déjà six ans.

Elle avait laissé derrière sa mère, dont la seule pensée évoquait des sentiments complexes et contradictoires, de la violence et de l'abnégation. Elle avait quitté ses frères et sœurs, mais la cassure s'était faite depuis longtemps. Ils faisaient chacun leur bout de chemin, chacun dans une extrémité de la province ou presque, et les fous rires et la complicité du début de la vingtaine étaient rares et déjà loin. À contrecœur, elle abandonnait son poste d'infirmière, celui qui lui avait permis d'accéder à l'indépendance et à l'autonomie financière, si précieuses pour une femme, mais particulièrement inestimables pour elle. Le hasard de la vie avait fait en sorte que c'était aussi justement parce qu'elle était infirmière qu'elle avait pu rencontrer le grand amour, dans les couloirs d'un hôpital.

Elle avait quitté tout ce qui lui était familier, tout ce qu'elle avait tenu pour acquis pour le suivre jusqu'ici.

Afin de l'aider à s'acclimater, il avait fait de son mieux pour amortir le choc culturel en énumérant tout ce qui serait dépaysant.

Oui, l'altitude lui avait brièvement coupé le souffle lorsqu'elle était descendue de l'avion.

Oui, les enfants lui avaient touché les cheveux, incrédules, sans lui demander son autorisation (ses filles vivraient la même chose, des années plus tard, sur un autre continent). Elle était rousse, il lui était impossible de passer inaperçue.

Oui, l'impuissance devant la pauvreté et la misère l'étouffait.

Un jour, peut-être, elle s'y habituerait.

Qu'allait-elle faire de ses journées, alors que la petite était à l'école ?

Les courses. Apprendre à cuisiner les mets traditionnels avec les domestiques. S'occuper des nombreux chiens, du jardin. Elle avait le pouce vert. Meubler et décorer la maison (elle avait horreur du vide). Écrire à sa mère, malgré tout, pour la tenir au courant.

Je m'aperçois à quel point il m'est impossible de raconter davantage. Le reste sera conjecture, supposition, pure fiction. Onze années de sa vie de femme en Éthiopie. Quatre mille quinze jours à tout inventer, des premières lueurs du matin au crépuscule. Je me replonge dans ses anecdotes. Il y avait les courses chez le boucher, et sa toilette encrassée que ma sœur avait visitée une seule fois; les réceptions fastueuses dont elle était l'hôtesse, papillonnant entre les expatriés et les collègues de mon père; les portées de chiots qu'elle élevait amoureusement comme des membres de la famille (c'est d'ailleurs elle qui m'a légué cet amour inconditionnel des animaux dits «de compagnie»); l'exotisme des paysages lors des balades en voiture et, bien sûr, la solitude.

Un soir, alors qu'elle avait rassemblé son courage et sa force (ou était-ce de la résignation?) pour annoncer à son mari que leur amour était fini, leur couple terminé, qu'elle voulait rentrer chez elle, faire le chemin inverse, il lui dirait qu'il l'avait trompée lorsqu'elle était retournée au Canada pendant quelques mois. Il avait eu une aventure avec une collègue. Une erreur de jugement, c'est ce que j'ai décidé il y a très longtemps. C'est ce qui est salutaire de la fiction, je peux refaire, donner une deuxième chance, manipuler et donc contrôler le cours de l'histoire avec un petit h. C'était donc une pulsion, une seule fois, certainement pas un amour karmique qui fait l'effet d'un tremblement de terre, ne laissant d'autre choix aux gens touchés que de capituler et de suivre leur cœur. C'était une connerie. Je suis née de cette connerie. Maman, contre toute attente, a voulu m'avoir auprès d'elle, avec elle et chez elle sur-le-champ. De ce que ma sœur m'a raconté, elle est entrée dans sa chambre et, en la bordant, lui a dit : «Tu as une petite sœur.»

C'est sans doute pour ça que je ne valorise pas les liens du sang ou la filiation biologique. Je suis intransigeante là-dessus. Même si elle ne m'a pas portée dans son ventre, j'ai développé la même allergie au soleil et aux piqûres de moustiques que Maman. Par osmose. Elle m'a élevée à son image, son ascendant sur moi est indélébile. Je suis la fille de Virginie Michaud, sans aucun doute.

En même temps, les circonstances de mon arrivée – voire de mon irruption – dans cette famille nucléaire sont tellement singulières que j'ai longtemps douté de ma capacité à être aimée. Je pense que c'est peut-être l'une des raisons pour lesquelles j'ai été incapable de me projeter en tant que mère. Ou alors oui, trop, et je savais que je ne pourrais pas supporter d'être responsable de l'encadrement et de l'épanouissement d'un enfant. Parce que l'enfance peut être violente, à plusieurs degrés. J'aurais flairé, ressenti, mais pas supporté, les reproches et les déceptions, le mal-être et la solitude. Je ne connais pas l'insouciance, mais je fréquente la lucidité depuis très longtemps.

Ça fait des années que j'attends le bon moment.

La conjoncture de critères très flous au moment de penser à ce projet d'écriture, puis qui se font de plus en plus précis.

Ça fait dix ans que ma mère est morte.

J'ai attendu qu'une décennie au complet s'écoule avant d'accepter de nous trahir.

Parce que c'est de ça qu'il est question.

Presque tous les témoins s'en sont allés. Ceux qui restent ont une mémoire faillible, comme la mienne.

Je vais révéler un secret que j'ai enfoui à l'adolescence.

Est-ce qu'on peut révéler un secret deux fois ?

C'est peut-être plus une exhumation.

Parce que, petite, je racontais tout. C'est la faute à l'enfance. Je ne voyais pas ce qu'il y avait d'anormal, de singulier, d'indigne à notre histoire.

Puis le jugement implacable des filles du secondaire est venu, suivi du doute et du désir d'appartenance, de me fondre dans la masse.

J'ai adoré mon père.

Il a joui d'un amour inconditionnel de ma part, d'une absolution inouïe.

À l'adolescence, je lui ai écrit des dizaines de lettres, sous la forme d'un journal intime, dans lesquelles je me suis confiée, racontée, dévoilée. En anglais.

C'est à lui que je racontais mon ras-le-bol, ma détresse.

Sophie, ma sœur, est l'unique gardienne de la mémoire familiale.

Je croyais qu'elle y prenait goût, révélant ses secrets au compte-gouttes, avec un certain sens du timing, mais j'ai compris la lourdeur de cette tâche.

J'ai compris l'impact de chacune des déflagrations chaque fois qu'elle répond à mes questions, l'obligeant à revivre un passé souvent douloureux.

Un soir, assise au bar du Leméac, alors que je lui posais des questions sur notre départ de l'Éthiopie, sur ce dont elle se souvenait de ma mère biologique, elle m'a dit, agacée (ou peut-être irritée par le fait d'être obligée de se confesser), que j'avais été *volée*.

Volée !

On m'avait pourtant dit que, sur son lit de mort, Papa avait dit à Maman, le regard plongé dans le sien : « *She's all yours.* »

Comme si j'étais un grand cadeau, comme s'il confiait des bijoux rares et précieux à une personne de confiance.

Plusieurs choses peuvent être vraies simultanément.

She's all yours.

Pendant longtemps, j'ai interprété ce moment-là comme une sentence.

Pour ma mère, qui devait élever une enfant née de l'infidélité de son mari sans lui.

Pour moi, parce que je ressemble beaucoup à mon père. Même bouche un peu croche. Mêmes sourcils. Même froideur.

Un rappel constant de son écart de conduite, en chair et en os.

Ç'a pourtant été facile de lui vouer un culte : je l'ai à peine connu, il est mort quand j'avais 2 ans.

Je suppose que notre dynamique était celle d'un père en proie à de nombreuses culpabilités : celle d'avoir trompé son épouse, celle d'avoir engrossé une collègue, celle de laisser la première avec l'enfant de la deuxième, celle de mourir d'un cancer du pancréas alors qu'il était médecin, celle de négliger son aînée, devenue femme.

J'ai été fière de lui, puis je lui en ai voulu de nous laisser composer avec son absence et le chaos qu'il a semé dans son sillon.

« He's been dead more than half my life and still the feeling is the same : quiet pride, a sense of connection, of belonging[1]. » C'est dans ces mots, tirés de

1. Dani Shapiro, *Inheritance : A Memoir of Genealogy, Paternity, and Love*, Knopf Doubleday, 2020, p. 11.

Inheritance, que la romancière Dani Shapiro décrit comment elle s'est toujours sentie lorsqu'un ami la visite chez elle, prend une photo de son père et lui demande : « Et ça, c'est qui ? » Je reconnais cette fierté, cette assurance malgré l'absence physique d'un parent qui m'a été raconté, que la filiation est indéniable. Shapiro dévoile comment elle a appris que l'homme qu'elle croyait être son père ne l'était pas du tout. Ses parents ont fait appel à une banque de sperme. Pour elle, il y a eu le choc de la révélation et la nécessité d'apprendre à vivre avec cette nouvelle information : elle est constituée de sa mère et d'un étranger. Tout le reste de l'ouvrage est dédié à son enquête pour trouver qui est son véritable géniteur. Je n'ai pas eu ce choc. D'aussi loin que je me souvienne, j'ai su mon histoire. Elle ne m'a pas été cachée.

Je ne veux pas qu'on juge les choix de mes parents comme moi je l'ai fait.

J'excave les fondations de notre famille, sans demander la permission aux protagonistes.

Et je m'en veux, parce que je n'ai pas fait ce travail avant.

Ma mère me manque, comme jamais auparavant. J'ai gaspillé une bonne partie du temps qu'on a eu ensemble à me replier sur moi-même. Je l'ai tenue loin, souvent, je partageais peu avec elle.

Je m'en veux de ne pas avoir accepté ses nombreuses invitations à répondre à toutes mes questions, mais ça ne m'intéressait pas tant que ça, l'Éthiopie.

Aujourd'hui, je fais face à mon manque de curiosité, à mon inaction : j'aurais pu creuser plus loin. Aujourd'hui, je compose avec ma colère et ma lâcheté.

C'était géographiquement et idéologiquement loin et j'avais envie d'être comme tout le monde. Je n'avais pas envie d'être la descendante de gens compliqués, aux histoires improbables. Je n'avais pas envie et je ne comprenais pas comment être la fille adoptive de la femme de mon père. Je voulais être la fille de mes parents, point.

Des oncles, des tantes, une armée de cousins comme des fantômes.

Je ne connais pas leur nom, je n'ai pas cherché à les apprendre.

Je ne sais pas où mon père est enterré, j'ignore le nom de ses frères et sœurs.

Est-ce qu'on se fout les uns des autres ?

Depuis que ma mère est morte, j'ai besoin de savoir.

Qui je suis, mais aussi qui ils ont été l'un pour l'autre.

J'ai besoin de me faire raconter et de raconter qui ils étaient avant d'être mes parents.

Ma sœur est la seule personne qui peut répondre à mes questions, c'est la seule qui possède les morceaux manquants du casse-tête.

Tout est subjectif. Ça restera toujours sa version des faits.

«Je t'ai déjà raconté ça», qu'elle me dit.

Je ne retiens pas l'information.

À quelle ethnie appartenons-nous? Oromo ou Amhara?

Mon cerveau refuse de conserver ces histoires.

Je me souviens de ce dont je veux bien me souvenir.

Une demi-sœur m'écrit : « *There's a lot you don't know.* »

Elle m'a contactée en 2011.

Depuis, nous ne nous sommes jamais parlé de vive voix.

Je refuse obstinément d'appartenir à ce clan-là.

Ma mère biologique est originaire d'Ambo. Mariée à 14 ans, mère à 16 ans.

Cinq enfants, trois géniteurs.

Je ne peux pas faire partie de ce clan-là.

Les liens sanguins ont bien peu de valeur à mes yeux.

Cette injonction génétique, je n'y adhère pas.

Je suis la fille de Virginie, point barre.

Mon père dans un camp de réfugiés avec son père.

Son grand frère qui meurt, mais qui aurait pu être sauvé.

La naissance du désir de soigner, voire de guérir les siens.

Je suis faite de ce bois-là.

Ma mère, deuxième enfant de cinq, élevée par une mère de famille monoparentale.

Comme moi, ma mère a perdu son père tôt. Comme moi, sa relation avec sa propre mère était fracturée.

Rendre hommage à mes parents en racontant leur histoire, les faire revivre, prouver qu'ils ont existé. Une histoire d'amour déployée sur trois continents.

J'écris pour réfléchir, pour me confronter. Pour mieux comprendre notre histoire.

Pas pour régler des comptes avec mes ascendants. Éplucher des albums de photos, interviewer ma sœur, lire des lettres que mes parents se sont envoyées pour essayer de percer un peu le mystère.

Voici ce que je sais désormais.

Adunya Makonnen est né en janvier 1932.

C'était probablement en 1931, peut-être même avant. Sur son acte de décès, c'est indiqué noir sur blanc, mais c'est une estimation.

Je viens d'un pays qui obéit à des commandements uniques. Là-bas, une année dure treize mois et le calendrier a sept ans et huit mois de retard sur le calendrier occidental. Ce serait facile de dire que l'Occident est en avance sur son temps, mais je préfère croire qu'en Éthiopie on ne fait rien comme ailleurs.

Quand j'y suis retournée, mon guide à Axoum, dans le nord du pays, m'a dit qu'en Éthiopie on célèbre le premier anniversaire d'un enfant, mais pas les suivants.

Je viens d'un pays où les marqueurs de temps n'ont pas la même importance qu'ici.

J'aurais aimé raconter cette histoire en respectant cette structure temporelle. J'aurais préféré qu'à partir de maintenant il n'y ait plus d'âge ni de date dans ce récit, mais on a besoin de connecteurs historiques, pour comprendre quels événements ont eu une incidence sur le cours des choses. Pour expliquer les risques, les petites rébellions, ce que ces défis représentaient à cette époque, à cet âge de leurs vies.

Adunya Makonnen est né à Kersa, un petit village de fermiers à l'est de Harrar, une ville bien connue pour y avoir hébergé Rimbaud à la fin de sa vie. Je ne sais pas si mon père a fréquenté l'œuvre de Rimbaud, j'aime à penser qu'il a griffonné de petits poèmes pour le plaisir de la création, pour exister en dehors de lui-même, mais qu'il le faisait en cachette. C'était mal vu pour un étudiant en médecine, il y avait tant de choses à accomplir, à apprendre. Il avait toute une nation à laquelle rendre des comptes, à rendre fière.

Sa mère Askale le surnommait Alemayehu, un prénom très commun qui signifie littéralement en amharique : « J'ai vu le monde. » Son destin semblait scellé dans les étoiles, mais la réalité est moins romantique. Son vrai nom, Adunya, était un nom Oromo (et non Amhara), groupe ethnique dominant auquel il appartenait (un peu l'équivalent des colonisateurs ou des Blancs en Afrique). Je me demande si en l'appelant Alemayehu, c'était une manière pour elle de faciliter son intégration partout, même en territoire hostile.

Askale et son mari Gobaw ont eu cinq enfants. On ne sait pas si Adunya était le cadet, l'aîné ou celui du milieu, mais il est le seul de cette union qui a survécu. Encore un présage ? Lorsque les Italiens ont envahi l'Éthiopie, la famille a été séparée lors d'un bombardement au gaz moutarde. Au cours de cette dernière guerre de conquête coloniale, la lutte n'était pas à armes égales, l'Italie déployant des armes modernes sur un territoire où le système féodal était encore en place. Dans le grand mouvement de foule qui a suivi, Gobaw et deux de ses fils ont été refoulés vers le Kenya, au sud, alors que son épouse Askale a retrouvé son chemin vers le village. Chacun croyant que l'autre avait été tué. Chacun puisant au fond de son être pour y trouver la force nécessaire de continuer à aller de l'avant.

C'est dans ce camp de réfugiés que mon père a été scolarisé par son père, un fermier, mais pas un analphabète pour autant. C'est là qu'il a appris à lire et à écrire, au milieu de la poussière, de la misère et des familles dépossédées. C'est dans ce camp, où il y avait peu à faire sinon survivre, que son frère s'est coupé en disséquant un cadavre d'animal. Il est mort peu après, de la rage ou d'une infection. On dit que ce serait pour lui rendre hommage que mon père a décidé de devenir médecin, d'atteindre l'inatteignable, avec toute la volonté dont il était déjà capable.

Lorsque l'Angleterre a remis l'Éthiopie à l'Empereur, Gobaw et Adunya ont regagné Kersa, après cinq jours de marche. C'est durant cette odyssée, seul avec son père, dans le chaos de l'après-guerre, qu'Adunya a mesuré et compris la beauté de son pays natal, c'est à ce moment-là que ça s'est déposé en lui. Peu importe où la vie le conduirait, il rêverait toujours de revenir au bercail.

Au village, le père et le fils ont retrouvé avec stupéfaction Askale non seulement vivante, mais remariée et mère d'autres enfants. Gobaw a refait sa vie, lui aussi. Je ne connais pas ces gens, qui sont mes oncles et mes tantes. Je ne connais même pas leurs noms. Je n'ai aucune idée de ce qu'ils sont devenus, mais nous partageons des liens de sang, nous avons en commun Adunya.

Adunya, qui portait l'espoir de jours meilleurs, de fierté, de dignité. Parce qu'on voyait en lui beaucoup de potentiel, il a été choisi, puis envoyé à l'école secondaire d'Addis-Abeba pour poursuivre sa scolarité. L'Empereur avait fait venir des professeurs du Canada, des États-Unis, de l'Australie et de l'Angleterre pour éduquer la jeunesse la plus prometteuse, la plus brillante. Adunya en faisait partie. Je suis la fille de cet homme-là.

On sait peu de choses de cette époque. Ce que l'on sait, c'est qu'en 1947 il a une fois de plus fait partie de la sélection impériale, pour des études à l'étranger. Une délégation a été envoyée en Europe, une autre aux États-Unis. Mon père et Minasse Haile, qui deviendra plus tard ministre des Affaires étrangères sous Haïlé Sélassié, ont été envoyés à Goshen College, en Indiana.

Mon père n'avait jamais pris l'avion de sa vie, jamais quitté son pays, puis il a été catapulté sur un autre continent, dans un État où, vingt ans auparavant, le Ku Klux Klan gagnait en importance.

J'envoie une bouteille à la mer et j'écris au département des communications de Goshen College, en espérant qu'on puisse m'envoyer une quelconque documentation relative au séjour de mon père. L'archiviste Joe Springer me répond dans les vingt-quatre heures suivantes en prenant soin d'inclure des PDF du *Maple Leaf*, le journal étudiant de l'époque, ainsi que des articles soulignant l'arrivée des deux garçons, fort probablement les premiers étudiants étrangers de l'institution. Je suis touchée par son attention, par la rapidité de sa réponse, par son ton respectueux. Parfois, les gens sont fondamentalement bons et généreux et n'attendent rien en retour.

Mon père a l'air tellement jeune sur ces photos ! Il flotte dans son habit trois pièces, mais il le porte avec panache. L'article rapporte que Minasse et lui aiment bien la neige – leur tout premier contact avec des flocons – mais qu'ils auraient préféré un climat chaud et sec, comme chez eux. Une évidence. Ça me rappelle inévitablement le film *Un Prince à New York*, j'ai un peu honte de la comparaison ultra-cliché et 100 % inexacte.

M. Springer me suggère de scanner l'album de finissants de McGill, où mon père a ensuite étudié. C'est vrai que tout est en ligne maintenant, j'ai déjà retrouvé la thèse de Papa il y a plusieurs années sur Google, en tapant son nom dans le moteur de recherche.

Je trouve deux photos tirées des albums de l'université montréalaise, de 1952 et de 1956. Encore une fois, je suis frappée par sa jeunesse. Nos albums photos sont remplis d'images de lui adulte. Je connais le mari, le père, le médecin, mais pas le jeune homme.

C'est une citation du poète Perse (j'ai dû chercher) qui accompagne sa photo de 1952 : « *Who suffers, conquers.*[2] »

Ma sœur me ramène à l'ordre : mais oui, il a souffert. À cet âge, il avait déjà vécu tellement de choses. Cherchait-il un sens à cette souffrance ? Juste le fait d'étudier en médecine à Montréal, pour un fils de fermier d'un petit village éthiopien, c'était en soi une conquête. Il était animé par le sens du devoir et la persévérance, la garantie d'une vie meilleure au fil d'arrivée. Il ne pouvait pas prédire la suite, encore moins la fin.

Je relis le courriel de M. Springer. Avant d'arriver par train à Goshen, Minasse et Adunya ont atterri à New York, le 28 décembre 1947. Quel dépaysement total pour ce duo tenu en haute estime par l'élite de leur pays, mais forcément mésadapté ! C'est plus qu'un choc culturel, c'est une perte de repères. Les États-Unis d'après-guerre, c'était pour eux un monde excitant, mais inévitablement anxiogène, parce qu'industrialisé, anglophone et… blanc. Devenir soudainement minoritaires, objets de méfiance, traqués. Qu'est-ce que mon père y a vécu, exactement ?

---

2. La formule exacte serait : « *He conquers who endures.* »

De quoi a-t-il été témoin ou même victime ? Qu'est-ce qu'il a refoulé au point de ne pas vouloir rester plus longtemps dans ce pays, à l'aube d'un mouvement pour les droits civiques ? Il n'en parlait pas. Mon père ne tolère pas le complexe d'infériorité, il écrit à son ancien professeur à Addis qui lui dit de traverser la frontière, le pays au nord étant moins raciste que celui de l'Oncle Sam.

À ma grande surprise, Joe Springer me réécrit le lendemain. De toute évidence, il est emballé par ma quête, ayant passé plusieurs heures à fouiller dans les archives des étudiants internationaux. Il m'achemine : le manifeste de l'avion sur lequel était mon père, son premier bulletin (une faveur du bureau du registraire, précise-t-il) et des correspondances entre Ernest Miller, le président du College, et Richard Hambrook, le conseiller à l'éducation de l'empereur Haïlé Sélassié, un Américain.

Il confirme que mon père et Minasse ont bel et bien été les deux premiers étudiants du continent africain à s'inscrire au collège. Je lis son courriel en diagonale, essayant d'absorber toutes ces nouvelles informations, et mon regard s'arrête net sur un groupe de mots : « *de facto white-only* ».

« *De facto white-only* ».

Mon père et Haile, parachutés dans une ville où les Noirs étaient carrément interdits.

Il m'invite à relire leur description dans la documentation officielle de l'école et dans le journal local.

« *The young men are not Negros, not members of the Hamitic races, but Copts, members of a Semitic tribe, closely related racially to Jews and Arabs.* »

Des mots choisis consciemment et soigneusement pour protéger les nouveaux arrivants du racisme au cœur de la ségrégation raciale.

Je clique sur le lien qui m'amène à un article dans lequel je comprends que Goshen était ce qu'on appelle une « *sundown town* », une ville où, dès le coucher du soleil, les personnes racisées étaient prohibées. Les lois Jim Crow dans toute leur violence.

J'ai du mal à me concentrer, j'ouvre une des pièces jointes : le manifeste de l'avion.

Et les larmes me montent aux yeux quand je vois son âge : 17 ans. Même pas majeur.

J'appelle ma sœur.

Je cours après un fantôme que je ne rattraperai jamais.

Même si j'ai la certitude de me rapprocher de lui, il m'échappe.

Ça fait tellement longtemps qu'il est mort, j'en ai oublié qu'il a existé ici, à Montréal.

Qu'il a existé dans la même ville où j'ai passé toute ma vie.

Je n'arrive pas à croire qu'on a même existé ensemble.

Je suis la fille d'une femme qui a aussi grandi sans son père, décédé quand elle avait 4 ans. C'est l'une des trop rares choses que nous avions en commun, ma mère et moi. Elle a toujours évoqué un homme bon et doux, parti trop tôt. Son enfance dans un petit village néo-brunswickois dans les années précédant la guerre était en phase avec son époque : la précarité, l'omniprésence de l'Église, les oncles aux mains longues. C'est ma grand-mère qui a tenu seule le Magasin général de Saint-Quentin, dans le comté de Restigouche. Virginie était extravertie et avant-gardiste, coincée dans cette petite ville où elle connaissait tout le monde. Même pas 20 ans et déjà une femme de tête. Entre les ateliers de couture et les balades avec Ti-Mousse, son chien, elle s'emmerde un peu. Elle a envie de voir du pays, elle se sent à l'étroit. Pour elle, il n'y a aucun avenir à Saint-Quentin. À son grand désespoir, sa mère paie des études supérieures à ses frères, mais pas à elle, ce qu'elle ne lui pardonnera jamais. Ni de l'avoir battue. À l'école aussi, elle a subi les coups de cravache des bonnes sœurs. Est-ce que ce que nos parents ont subi nous a été transmis?

Virginie a quitté le Nouveau-Brunswick pour étudier à Québec et faire son cours d'infirmière à l'Hôpital Saint-François d'Assise, comme Clémentine, sa sœur aînée. C'est dans la Vieille Capitale qu'elle est devenue Gigi, une fille de party qui racontait des histoires grivoises et salées. Il y a une photo de cette époque, en noir et blanc, où elle est assise sur les genoux de son frère, un verre à la main. Tout le monde est hilare, parce qu'elle vient de raconter une joke de cul. Ma mère, cette saltimbanque.

Des décennies plus tard, quand de vieilles amies de cette époque débarquaient à la maison, j'écoutais les yeux ronds ces femmes me raconter la jeunesse de ma mère, ses petites folies, ses transgressions. Une femme que je ne reconnaissais pas. Je sais que ma sœur et moi n'avons pas eu la même mère en ce sens-là : à chaque épisode de sa vie, elle était quelqu'un d'autre, une femme pour chacun de ses âges.

À Montréal, Virginie a loué – seule ! – un minuscule appartement sur la rue Dupuis, à un jet de pierre de l'Hôpital St. Mary et de l'Hôpital général juif. Elle pouvait se le permettre, parce qu'elle travaillait surtout dans les hôpitaux anglais, qui payaient mieux (pour une femme qui allait devenir une fière indépendantiste, ça me fait tout drôle d'apprendre ça, mais je sais bien qu'on a tous un prix). Elle ne maîtrisait pas du tout la langue, mais grâce aux contacts de sa sœur aînée, infirmière à Santa Cabrini, elle a appris sur le tas. Elle a vécu la vie d'une vingtenaire célibataire comme celles d'aujourd'hui. Elle ne s'engageait ni dans sa vie amoureuse ni au travail, au diable l'opinion des autres, elle s'en balançait.

C'est donc dans les corridors de l'Hôpital St. Mary que mes parents se sont rencontrés. C'est dans ce même hôpital que mon père a rendu son dernier souffle ; que ma sœur a accouché de son premier enfant, que je me suis fait opérer. Est-ce que c'est comme ça pour tout le monde ? Un immeuble devient, au fil des ans, un patrimoine familial ?

Je sais que mon père était charmant, un tombeur de ces dames, un dragueur, parce qu'on me l'a bien fait comprendre tout au long de ma vie.

« *He was the hottest thing* », me confirme Sophie.

Brillant jeune médecin venu d'ailleurs, incontestablement charmant, je l'imagine arpenter les couloirs de l'hôpital, distribuant les clins d'œil et les sourires complices à tout le personnel féminin. Il en pince pour Virginie Michaud. Pendant un an, il lui demande de sortir avec lui. Elle rejette systématiquement ses avances, jusqu'à ce qu'il lui dise : « *This is it. I'm asking you for the last time.* » Est-ce que c'était de la patience, ou son égo ?

Elle accepte, évidemment. Adunya Makonnen est irrésistible. Il est très classe, il aurait pu se taper n'importe quelle femme.

À quel point l'exotisation, la fétichisation ont-elles joué un rôle dans l'attirance que mes parents avaient l'un pour l'autre ?

Pour lui, la chance d'intégrer le monde des majoritaires, d'y être toléré, à défaut d'y être accepté. Une femme blanche pour trophée ?

Pour elle, l'occasion de se dépayser, de bousculer les conventions, de faire un doigt d'honneur à son patelin. Un amoureux africain, symbole ultime d'insoumission. Répondre à une pulsion toute personnelle, un désir bien intime qui ne me regarde absolument pas.

Je n'ai jamais pensé lui demander. J'ai cru à l'amour, tout simplement.

Je suis certaine qu'il y avait entre eux une chimie indéniable, une complicité évidente. Un amour palpable, sinon quoi ?

À l'époque, le mariage interracial était illégal aux États-Unis. Au Canada, ces unions étaient permises, mais mal vues. Mes parents ont franchi des barrières, voire brisé les tabous de l'époque. Un couple moderne, juste assez effronté pour s'afficher sans gêne, sans habiter ensemble.

Ils se sont fait mal.

À mon grand étonnement, ma sœur décrit aujourd'hui leur relation comme « toxique ». Un mot à la mode, mais chargé, qui évoque un dysfonctionnement métastasé, une relation malsaine.

J'ai présumé beaucoup de choses.

D'abord qu'ils s'étaient mariés en Angleterre parce que ce pays était beaucoup plus ouvert et tolérant aux unions comme la leur. Il n'en est rien :

Adunya est parti faire son *fellowship*, Virginie est allée le retrouver. Toujours partante pour l'aventure, pour s'inventer ailleurs.

Elle n'était pas systématiquement raisonnable, encore moins docile, mais jamais elle n'a douté de la capacité de son homme à réaliser ce rêve de devenir médecin, de faire partie du corps médical, malgré la couleur de sa peau. Ça ne lui semblait pas du tout loufoque ou hors de sa portée. Ce qui l'était davantage, c'était l'accès à un logement. Londres était plus ouverte et tolérante que Montréal, mais Virginie allait visiter les appartements seule, déjà au fait de ce que l'on appelle aujourd'hui le profilage racial. Louer un appartement à une jolie rousse aux yeux bleus, ça se faisait sans hésitation.

À l'époque, je l'ai déjà écrit, les mariages mixtes étaient encore illégaux aux États-Unis. Ailleurs dans le monde, ils n'étaient pas tout à fait socialement acceptés. Qu'est-ce qui dérangeait tant, qu'est-ce qui suscitait l'opprobre à ce point ? Est-ce qu'on leur reprochait de cochonner la pureté de la race ?

Désobéir plaisait à Virginie. Elle a tout le temps été précurseure, c'était un trait de personnalité. La première – la seule ! – de sa famille à rompre avec l'Église, elle s'est mariée à l'hôtel de ville en tailleur vert.

Comme témoins : un couple d'amis, lui aussi interracial, de la même configuration, un homme noir, une femme blanche. La force du nombre. Qui se ressemble s'assemble et autres clichés.

Ce sont les photos de mes parents que je connais le mieux, celles dont j'ai scruté chaque détail. Ce mirage auquel je tiens mordicus : un couple amoureux, moderne, soudé et heureux face aux épreuves de la vie. Nos parents.

Virginie se plaît dans l'Angleterre des années 1960 : elle arpente les parcs où la végétation est luxuriante, elle s'amuse du rock tonitruant qui vient à ses oreilles, elle roule un peu des yeux devant la jeunesse qui bouscule l'establishment. À son retour en sol canadien, elle rapporte à son neveu Robert une affiche signée des Beatles. Il n'en revient tout simplement pas. Elle m'a déjà dit qu'elle avait croisé quatre jeunes hommes se précipitant hors d'une limousine. « Ils étaient *filthy* », qu'elle a dit, en accentuant le mot. C'était le Fab Four, jure-t-elle.

J'ai demandé à Robert de décrire mon père à cette époque. « *The most fun!* » m'a-t-il répondu.

Ça ne cadre pas avec ce qu'on m'a raconté de lui.

J'ai présumé que ma mère était une éternelle victime dans leur histoire, qu'elle avait subi l'infidélité, l'humiliation, la honte (encore), sa condition de femme au foyer. Ma sœur me rappelle qu'elle avait aussi ses flirts, son indépendance, qu'elle était têtue. Par deux fois, Virginie est partie en Europe travailler comme infirmière sur les bases aériennes canadiennes de l'OTAN. À Soest, en Allemagne, où un certain Klaus a fait basculer son cœur. Il l'emmenait à moto, ça, elle me l'a dit, et j'ai bien rigolé en essayant de l'imaginer se cramponner à un pauvre Allemand qui rêvait de se caser avec elle. Elle est rentrée à Londres, où ma sœur est née.

Il y a une photo de Sophie, bébé, emmitouflée dans une couverture, comme un petit burrito déposé amoureusement sur une chaise pendant la cérémonie de mariage de nos parents à la cour municipale (ils ont tout fait le même jour : mariage, baptême, une espèce de spécial deux pour un). On n'a jamais pu montrer cette photo, parce qu'on devait garder le secret. Ma sœur a été conçue avant que nos parents s'épousent. Ils étaient modernes, mais ils se protégeaient.

La suite, je la connais. Virginie téléphone à sa mère, avec qui elle a coupé le contact quand celle-ci s'est montrée affreusement déçue de perdre sa fille à un homme noir, même médecin. Un gendre idéal, sauf pour la couleur de sa peau.

« Vous êtes grand-maman, est-ce que ça vous intéresse de rencontrer votre petite-fille, oui ou non ? »

Elle a accepté.

J'ouvre la boîte à souvenirs.

J'ai déjà entamé ce processus avec ma sœur, c'est immortalisé sur Facebook, mais je n'ai gardé aucune mémoire de ce que nous avons trouvé. Je me souviens d'avoir vu Sophie pleurer, je me souviens quand on a refermé la boîte, je me souviens de notre fatigue, du relâchement de mes épaules. Je l'ai récupérée dernièrement et, depuis, la boîte et moi, on se regarde en chiens de faïence. J'attends d'être prête, je sais ce que ça va me coûter.

En manipulant les coupures de journaux jaunies, annonçant la famine, le communisme, la catastrophe, je comprends que Maman était liée à l'Éthiopie pour la vie, qu'elle s'en faisait pour le pays. Nous sommes parties en catastrophe, dans l'urgence et le danger, elle n'a pas pu se recueillir comme il se doit, faire ses adieux à sa terre d'accueil.

Je déplie les lettres manuscrites, retenues en pile par des épingles à linge. Je me souviens de Maman brûlant des documents dans notre foyer, alors que l'Alzheimer envahissait peu à peu son cerveau. Qu'est-ce qu'elle jetait au feu, qu'est-ce qu'elle a réduit en cendres ? Des preuves, des indices, des échanges intimes qui n'appartenaient qu'à elle et à mon père, des secrets qu'elle s'est assurée d'emporter avec elle ? On l'a engueulée, affolées de voir ces lettres partir en fumée.

À travers les lettres de condoléances envoyées à ma mère, mon père prend forme. Son portrait se révèle. Celui d'un homme qui a profondément aimé son pays. Toute sa vie, il a été habité par le devoir d'en faire plus, de faire mieux pour le bien de ses compatriotes, pour sortir son pays de sa misère, pour concrétiser l'espoir de meilleurs lendemains. Il voulait vivre en Éthiopie, auprès de sa femme et de ses enfants, et y mourir aussi.

« *Adunya had come home* », écrit-on.

Il vivait pour son travail, sans ça il était perdu. Il gardait sa joie pour ses patients.

C'est aussi le portrait d'un homme extrêmement maladroit avec ses sentiments, incapable d'exprimer son amour, carencé en intelligence émotionnelle. Dans sa missive, un ami de la famille dévoile une partie des confidences que lui a faites mon père. Il veut que ma mère sache à quel point mon père l'a aimée.

Pendant ma petite enfance, je me suis souvent demandé comment mon père a composé avec l'annonce de sa mort prochaine. Comment on vit quand on sait qu'on n'en a plus pour longtemps ? Comment on occupe nos journées, comment on fait nos adieux ? Tous les témoignages que je lis vont en ce sens. Tous évoquent un avenir rapproché que mon père ne connaîtrait jamais, qu'on vivrait sans lui.

Il est question de moi dans ces lettres. « *If, for one reason or another, you need a place to park Rebka for a while, or a long time or always, I will be very happy to take care of her, as my own child.* »

Qui sont ces gens, qui négocient l'adoption définitive d'une enfant dans une lettre dactylographiée ?

Qui sont ces gens qui choisissent le mot « *park* » dans ce contexte ?

« *Rebka is ok anywhere. She is a charmer and she knows it!* »

Je ne me reconnais pas du tout dans cette description.

Une lettre à Sophie, la sommant de devenir responsable, de devenir le chef de la famille, que Maman est malheureuse comme les pierres, qu'elle ne s'est jamais adaptée.

Un si lourd fardeau pour une adolescente qui vient de perdre son père.

Qui vient de fuir un pays à feu et à sang.

« *The rumors concerning Adunya are a capital (chapter) on its own and cannot be recorded today, I shall leave that until a bit later.* »

Des comptes rendus de la vente de nos biens, le retour de la voiture et d'une arme à feu. On avait un fusil ?

Je suis envahie d'une grande tristesse pour ma mère, dépossédée. Je craque à chaque mention de ses chiens chaque fois qu'on lui donne des nouvelles d'eux, laissés derrière (« *the dogs are fine* »). Chez nous, les animaux sont des membres de la famille comme vous n'en avez pas idée.

L'étrangeté de l'Afrique, à quel point elle était étrangère. Une intruse.

Dehors, le vent fait claquer les arbres. Quelque chose se manifeste dans le ciel, quelque chose qui fait écho à la tempête dans mon cœur.

L'impression de casser en deux, de fendre de douleur.

Chaque famille mérite son propre roman.

Plus jeune, je voulais échanger mon enfance contre celle de ma sœur. J'étais persuadée que c'était elle qui avait eu le meilleur *deal*, c'est-à-dire grandir auprès de nos deux parents amoureux, et surtout vivants. Une mère disponible, pas fatiguée, pas triste; la version de notre mère qui avait le temps de faire des gâteaux. Un père acclamé, une boussole morale, un protecteur. Beaucoup de chiens.

Une enfant métisse dans un pays africain alors que j'étais une enfant africaine dans une société blanche.

J'ai été envieuse, longtemps.

Et là, en fouillant dans les lettres que je redécouvre avec mes yeux d'adulte, je suis capable de m'imaginer à sa place, de comprendre le contexte de son enfance, la solitude, la violence tout autour.

Sophie comme une mini-globe-trotter, jetant déjà les bases de sa vie d'adulte, toujours en mouvement, suivant ses parents de Londres à Ottawa, puis à Addis, jonglant avec ses racines multiples, déchirée entre deux identités, essayant de se tailler une place entre un père autoritaire et d'une humeur exécrable, voué à s'occuper des autres, pas très doué pour communiquer son amour aux siens ; puis une mère fusionnelle, qui partage avec elle des choses qui ne sont pas de son âge, qui dépassent sa compréhension d'enfant.

Être exposée à l'horreur d'une révolution, composer avec des peurs concrètes, garder l'équilibre entre deux parents qui s'énervent et, comme si tout ça n'était pas suffisant, gérer les sentiments et les émotions complexes de l'adolescence.

L'exil et la mort de son père *dans la même semaine* ?

C'est le genre d'épreuve qui, si elle ne nous définit peut-être pas complètement, s'inscrit en nous, près du cœur. On la porte indéfiniment.

Je le savais, mais je n'avais pas bien *compris*.

Il me manquait la vue d'ensemble, le portrait global.

Je n'en reviens pas de ce qu'elle a dû traverser avant ses 18 ans.

Ma vie a été beaucoup plus facile.

Plus d'une décennie nous sépare, et donc des expériences trop différentes pour que les liens se tissent facilement entre nous. Parfois, quand j'étais petite et que nous étions ensemble, on la prenait pour ma jeune mère. Elle et moi, on a longtemps joué dans une pièce de théâtre où nous étions figées dans des rôles qui demandaient à être revus, mis à jour. Je comprends mieux pourquoi, enfant, je la trouvais sévère. Elle a été obligée de grandir très vite, promue dans le monde adulte trop tôt par les circonstances. Il a fallu du temps pour que je puisse la rattraper en âge, pour que le territoire commun s'agrandisse, pour élaborer entre nous un langage.

Alors que je quittais à peine l'adolescence, elle s'ancrait dans un autre pays, celui de son mari, avec la famille qu'elle avait nouvellement fondée, reproduisant le même geste que notre mère trente-cinq ans auparavant. Pour Maman, c'était un deuil presque insurpassable, l'impression de perdre une part d'elle-même. Pour moi, c'était cette idée d'être abandonnée par un adulte. Encore.

On a failli la perdre pour de vrai, lors du grand tremblement de terre d'Haïti. Quand elle a finalement pu me joindre au téléphone des heures plus tard pour me dire qu'elle et sa fille étaient en vie et en sécurité, sa voix était étranglée par la frayeur. Une voix que je ne lui connaissais pas, qu'elle n'a jamais retrouvée depuis. Elle m'a raconté où elle était quand c'est arrivé, dans son bureau, la sensation de perdre l'équilibre, du sol qui se dérobe sous ses pieds, comment elle a vu les photocopieuses rouler sur le plancher. Tout s'est effondré autour d'elle, mais elle s'en est sortie indemne, comme si un bouclier s'était érigé autour de son corps. Je me suis dit que c'était une intervention de Papa. Une protection divine, pour nous épargner un autre deuil prématuré. (C'est le genre de choses auxquelles je crois, cette espèce d'entente avec l'Univers.) Pour Sophie, c'était une tragédie de plus à encaisser, à porter sur ses épaules.

La réalisatrice canado-éthiopienne Tamara Dawit, dans son documentaire *Finding Sally*, dans lequel elle s'installe à Addis pour reconnecter avec ses tantes et percer le mystère de leur sœur disparue, dit : « *I begin to understand the promise and the agony that is Ethiopia [...] It's safer to forget, than to remember.* »

Je comprends pourquoi Sophie n'a pas envie de revivre ça en m'en parlant.

Je devine ses souvenirs funestes.

Des corps en déplacement.

Je suis sans cesse sidérée de constater à quel point mes parents ont bougé. De toute évidence, sans regarder en arrière, sans regret. En confiance ?

Rien ne semblait les retenir.

Ils se sont déracinés et enracinés fréquemment, seuls ou ensemble, au gré des occasions qui se présentaient, des pulsions qui les habitaient.

Cette capacité à se réinventer, à se reconstruire, à se renouveler : je ne la possède pas.

Ma sœur est comme eux. Elle a délaissé Montréal pour se faire ailleurs, plusieurs fois. J'admire tout ce que ça peut exiger en déploiement de charme, de ressources, de réseautage chaque fois !

En arrivant à Outremont, Maman n'a plus voulu bouger.

Je suis la fille de ces gens-là, moi qui ai de la difficulté à passer plus de dix jours loin de mon appartement sans angoisser. Moi qui n'ai jamais quitté ma ville. Changer de quartier, c'est un déplacement à mon échelle.

Pour souligner le 100ᵉ anniversaire de la Confédération, plusieurs chefs d'État font le voyage au Canada. L'empereur Haïle Sélassié en fait partie. Il a prévu des arrêts à Québec, à Ottawa et à Montréal, où il sera le premier chef d'État étranger aux célébrations de l'Expo 67, le premier invité à visiter Terre des hommes.

Juste avant, il est reçu par le président Lyndon Baines Johnson à la Maison-Blanche.

Alors qu'il est en visite dans les universités californiennes, des étudiants éthiopiens manifestent devant les Nations unies à New York pour protester contre le traitement de leurs homologues à la Haile Selassie University, à Addis-Abeba. Les médias posent des questions gênantes. Courroucé, l'Empereur exige qu'on lui fournisse les questions d'avance.

Adunya garde un œil sur ce qui se passe dans son pays. Il s'inquiète de voir l'Empereur de 74 ans s'accrocher au pouvoir, alors que le *zeitgeist* impose un changement. Il entend les grondements, il anticipe les luttes à venir.

L'Empereur a demandé à rencontrer des membres de la diaspora éthiopienne. Adunya obéit, se rend à ce rendez-vous où on l'incite explicitement à rentrer dans son pays pour pratiquer la médecine. L'Éthiopie a besoin de rapatrier son élite.

Il ressent vivement le besoin d'être sur place, même s'il sait pertinemment que sa présence ne changera pas le cours de l'Histoire. Il veut cerner les contours de ce qui se prépare, atténuer la révolution qui se fomente, s'impliquer. Il sait qu'il peut être utile et, surtout, il a l'impression que toute sa vie antérieure le préparait à ça.

Adunya a toujours dit à sa femme qu'il voudrait éventuellement rentrer chez lui.

C'est beaucoup lui demander, elle qui l'a déjà suivi en Europe, mais elle accepte, d'abord parce que leur fille doit renouer avec ses racines éthiopiennes. Puis pour tenter de déchiffrer l'énigme qu'est son mari.

Adunya n'avait pas remis les pieds chez lui depuis plus de vingt ans. Lorsque l'appareil se pose à l'aéroport Bole, il se sent mieux, c'est perceptible.

Son appartenance ne se négocie pas. Il sait ce qu'on attend de lui.

Il est à la hauteur de ces attentes.

Soigner les gens, c'est le salaire de son génie.

Il n'a aucun temps pour l'amitié, l'insouciance, la sentimentalité. Ni pour la fantaisie, la paresse ou encore la littérature.

Il n'a de temps que pour sauver des vies. Ce qu'il fait.

C'est un père épuisé, absent, qui se lève la nuit pour répondre aux urgences.

À la maison, il est taciturne et constamment de mauvaise humeur.

Sophie se fait toute petite en sa présence, elle réduit sa voix à une brise, tait son exubérance naturelle.

Tous les soirs, elle exécute leur rituel : elle accueille son père à 20 heures, juste avant le dodo. Elle lui apporte avec des gestes précis son pyjama et ses pantoufles, qu'elle dépose près du foyer chaud (parce que les nuits sont froides à Addis), puis elle file dans la cuisine chercher le gin-tonic qu'elle lui a consciencieusement préparé.

Adunya s'enfile deux gin-tonics ou deux martinis chaque soir, puis un cognac après souper, mais ne se saoule pas. Il décante sa journée de fou.

Il préférerait que sa femme ne travaille pas, mais l'asservissement n'est pas une option pour Virginie, qui trouve du boulot à temps partiel à l'Ambassade du Canada ou chez les Corps de la paix, où elle administre des vaccins et fait des prises de sang. Elle cherche des manières de s'occuper dans ce pays déroutant qu'elle apprend à découvrir avec sa fille. Elles sont toutes les deux touristes dans Addis-Abeba, cette ville grouillante de monde.

Adunya préfère également qu'elle ne conduise pas, mais là encore il n'aura pas le dernier mot. Virginie achète à son insu une vieille Fiat vert pâle, puis convainc un chauffeur de l'hôpital de lui apprendre à conduire. Elle passe son permis dans le secret, dompte la transmission manuelle et les rues de la ville en pente. En attendant d'être entièrement autonome, elle se déplace partout en taxi. Sophie connaît par cœur le chemin qui la mène vers l'école, la grande artère sur laquelle elle croise tous les jours l'imposante statue du Lion de Judah. Pour la petite, l'acclimatation est difficile. Les gens ont beau lui ressembler davantage qu'à Ottawa, elle cherche ses repères. C'est une enfant bruyante qui court partout, qui dérange dans un pays où les enfants se taisent généralement. Elle apprend les codes pour survivre à sa nouvelle réalité, elle évite de parler inutilement.

Ils habitent un quartier prisé par les médecins, dont celui de l'Empereur, le Dr Asrat Woldeyes, avec qui Adunya a fait ses études en Écosse. Les Hamlins, le couple de médecins fondateurs de la Addis-Abeba Fistula Hospital, s'installent dans le même croissant de maisons : lui est néo-zélandais, elle est australienne. Ils ont un fils, à qui Sophie envoie timidement la main de temps à autre. Ils rencontrent par l'entremise d'un missionnaire canadien le Dr Jozef Arthur Cap, directeur du Département du contrôle de la lèpre à l'Hôpital ALERT, et son épouse Julie, deux Belges. Leur amitié s'écoule sur plus de quarante ans, jusqu'à la fin de leur vie.

Adunya développe une amitié avec le colonel Semret Medhane, pilote pour Ethiopian Airlines (un fleuron national fondé en 1945 alors que toute l'Afrique est colonisée). Son épouse est l'une des rares Éthiopiennes qui accueillent Virginie avec générosité et bienveillance. Elle lui apprend à cuisiner les plats traditionnels.

Ils ont donc une vie sociale, peuplée d'expatriés et d'Éthiopiens éduqués.

Adunya fait partie de cette génération d'Éthiopiens fiers qui insufflent un vent de changement à leur pays. Des hommes et des femmes désireux de voir l'Éthiopie se moderniser et prendre sa place dans le XXᵉ siècle.

Virginie devient l'hôtesse parfaite. Sa maison est un lieu de rassemblement, un pont entre les cultures : des jésuites missionnaires côtoient des membres distingués de la société. Elle tient salon avec panache, butine aisément d'un convive à l'autre. Elle voudrait que ces soirées s'étirent jusque tard dans la nuit, mais elle sait que son mari, malgré sa façade joviale, est à bout de cette frivolité. Une fois la visite partie, Adunya redevient lui-même. Son masque tombe : il est à nouveau maussade.

Comment commencer à vous expliquer.

Je me définis comme suit : « Mon père est éthiopien, ma mère est québécoise. »

Je laisse le reste suspendu.

J'ai incarné le métissage.

Je ne saurai jamais exactement tous les privilèges que m'a permis la couleur de ma peau, mais je m'en doute.

Je me suis identifiée publiquement aux gens métissés, certains jugeront que j'en ai profité.

J'ai avancé dans ma vie professionnelle, navigué dans des espaces blancs avec plus de facilité qu'une personne à la peau très foncée.

En moi se bousculaient depuis l'enfance le désir d'appartenir, celui d'être crédible, celui d'éliminer la honte et une soif de revendiquer mon identité.

Comme bien d'autres, je n'ai jamais senti que je faisais partie de quelque chose. En fin de compte, là où je me sens le mieux, là où je suis pleinement moi-même, c'est quand je suis seule avec mon chat.

Il y a eu des moments où je ne pouvais plus reculer, d'autres où j'ai tellement bien joué mon rôle que j'y croyais presque ou, plutôt, j'y pensais moins.

Plus j'ai avancé en âge, plus j'ai ressenti le devoir d'utiliser ma tribune pour célébrer les gens qui me ressemblent, ceux et celles qui font partie de ce que l'on appelle «la communauté».

Dans ma vie privée, dans un cercle intime et choisi, il n'y avait aucune mascarade, aucune façade. Mais certains découvrent avec cette confession écrite et très publique la vraie moi.

C'est à l'école secondaire que le mensonge a pris racine. Je discutais avec des camarades de classe, pour la grande majorité blanches, lorsqu'on m'a demandé d'où je venais. J'ai répondu la vérité en toute confiance, c'est-à-dire que je n'étais pas adoptée, précisant pourquoi alors ma mère était blanche, que mon père avait eu une aventure (à 12 ans, il me semble qu'on comprend plus ou moins ce que c'est). Je n'avais jamais, jusque-là, eu raison de me méfier, et donc de mentir pour dissimuler ce qui était mal vu. Mais la réaction, immédiate et sans appel, c'est ce qui m'a cloîtrée au secret depuis, c'est ce qui explique pourquoi je ne baisse plus la garde. Un dégoût, c'est comme ça que je le décrirais. Une expression d'effroi sur leurs jeunes visages. Des yeux bleus écarquillés.

Le mot «fucké» prononcé. Je serais prête à parier qu'aucune de ces filles ne se souvient de ce jour-là, pour elles c'était d'une telle trivialité. Pour moi, ce moment a signé la fin de la vérité, parce qu'à partir de là je m'arrangerais pour ne plus revivre cet embarras. Certains diraient aujourd'hui que ma réaction et tout ce qu'elle a provoqué et maintenu sont disproportionnés. J'aimerais leur rappeler la violence de l'adolescence, la mesquinerie et surtout le besoin, lors de ces années formatrices, d'appartenance. Mon histoire était honteuse. Il y avait un tabou entourant mon existence.

Ce qui est dorénavant clair, parce que j'ai fouillé le sujet avec une psychologue spécialisée en adoption, c'est que je n'avais pas honte d'être noire pur-sang.

J'avais honte de l'infidélité, de la trahison.

J'avais honte et je me sentais coupable d'être imposée à Maman, sans que Papa soit là pour faire accepter ma présence.

J'avais honte par empathie pour Maman.

J'avais honte, parce que j'avais le sentiment d'être inadéquate. Défectueuse.

Dans le documentaire *Stories we tell*, la cinéaste canadienne Sarah Polley dénoue un secret de famille et découvre qu'elle est le produit de l'infidélité de sa mère, décédée lorsqu'elle avait 11 ans. Quand la vérité éclate au grand jour, Polley est terrassée par un sentiment de culpabilité envers son père, celui qui l'a élevée.

J'ai dû voir ce film au moins cinq fois, tant j'ai été secouée par le propos et la manière dont elle raconte l'histoire, en interrogeant les membres de sa fratrie, mais aussi en suivant cet appel fait de chuchotements, de non-dits, de soupçons sur ses origines. J'ai été touchée par ses archives de famille, ces vieilles vidéos qui sont en fait d'habiles reconstructions. Elle se joue de nous, elle nous confirme qu'on se raconte des histoires.

Elle ne privilégie aucune version qui lui est contée, puis toutes à la fois.

J'ai compris, adulte, que j'étais moi aussi taraudée par un conflit de loyauté. Que pendant longtemps, choisir un parent signifiait trahir l'autre. Je l'ai compris parce que ma psy m'a aidée à nommer ce sentiment. À ma demande, parce que j'ai besoin d'intellectualiser ce que je ressens, elle m'a suggéré quelques lectures.

« Nombre d'enfants adoptés rejettent leurs origines et n'en veulent rien savoir. Ils choisissent leurs parents adoptifs, mais ce choix conscient correspond-il à leurs représentations inconscientes ou représente-t-il une défense contre la prise de conscience d'une loyauté inconsciente aux parents d'origines, assortie d'un refoulement, défense qui sera productrice d'autres symptômes[3] ? »

Rejeter ma mère biologique, c'est encore une manière de me protéger, de me défendre. Je ne lui ai jamais permis de prendre une place. C'est étrange, parce que je ne lui en veux pas. C'est pire, elle provoque chez moi une drôle d'indifférence. Un haussement d'épaules. Aujourd'hui, je suis plus indulgente, moins figée. Mais j'avoue que mon allégeance n'est pas fluctuante, elle penche toujours du côté de mes parents. Adunya et Virginie.

J'ai compris que j'ai payé la dette de mon père envers ma mère, que je me suis sentie responsable de corriger ce qu'il avait brisé, même si rien de ça ne m'appartient.

---

3. Jean-Louis Le Run, « Des loyautés de l'enfance aux conflits de loyauté : un concept pertinent en clinique ? L'exemple de l'adoption », *Enfances & psy* 56 (3), 2012, p. 42.

Trois parents et, comme l'écrit si bien Catherine Voyer-Léger dans *Nouées*, « la profonde, intense certitude de n'être la priorité de personne ». Un fardeau, un objet dans les pattes, jamais la priorité numéro un.

Dans ce récit, Voyer-Léger met en parallèle son parcours de mère adoptante et une époque de son enfance durant laquelle elle a été privée de sa propre mère. À travers ses souvenirs, je valide le vécu de ma mère adoptive.

« Vous ne m'entendrez jamais dire *comme si c'était la mienne*. Il n'y a pas de comme. C'est mon enfant[4]. »

Il me semble avoir entendu ma mère me rassurer de la sorte, il me semble qu'elle essayait

---

4. Catherine Voyer-Léger, *Nouées*, Québec Amérique, 2022, p. 43.

d'apaiser mon ultime sentiment d'imposture en me répétant que la biologie n'y était pour rien : j'étais la sienne.

Cette idée a fait son chemin en moi, jusqu'à ce qu'elle suive une certaine logique et qu'elle se transforme en cette conviction plus large : les liens du sang n'ont aucune valeur à mes yeux. Comment peuvent-ils en avoir, si le principal humain désigné pour s'occuper de moi, me protéger, développer mon autonomie et m'aimer de toutes ses forces n'était pas soudé à moi par un même corps qu'on a partagé pendant neuf mois ?

La vie est ainsi faite : j'ai rencontré des gens que j'aime beaucoup dont le parcours confirme cette thèse, mon idée fixe.

Un couple d'amis. Lui, marié trois fois, père de deux adultes. Sa troisième épouse est nullipare par choix, mais elle hérite de la garde d'une enfant dont elle est la marraine. La mort de son amie lui permet de devenir mère.

Une femme amoureuse d'un veuf et père de deux jeunes enfants. Elle les adoptera avant de tomber enceinte. On dirait que l'amour inconditionnel n'a pas besoin d'ADN.

Élever un enfant qui n'était pas biologiquement le sien, c'est ce que ma mère a entrepris, comme des millions d'autres.

Mais l'enfant de son mari et d'une autre, est-ce que c'est aussi commun ?

Une enfant dont la génitrice était pauvre, peu éduquée, surchargée par d'autres enfants.

Maman a fait le pari de me donner une vie meilleure, parce que forcément elle l'a été. Virginie était cultivée, bourgeoise.

Et blanche. (On ne s'en sort pas.)

Catherine Voyer-Léger nomme cette culpabilité multiple. «Je me sentais coupable. Coupable d'être partie prenante de ce système inégalitaire qui permet à une femme comme moi d'être outillée et privilégiée. Une femme de la classe moyenne, éduquée, cultivée, qui a fait des années de thérapie, qui apparaît soudain comme une sauveuse, une mère Teresa, mais qui n'est que le fruit de certains hasards et de certains déterminismes[5].»

Je doute que l'expression «*white savior*» ait été prononcée par ma mère, mais je ressens une certaine gêne face aux privilèges auxquels j'ai eu accès. Surtout parce que ma fratrie biologique me l'a bien fait comprendre.

---

5. *Ibid.*, p. 36.

C'est arrivé par Messenger, un incontournable de notre époque. Un nom qui ne me disait rien. Un nom typiquement éthiopien.

« *I've got a big surprise for you.* »

J'ai eu un drôle de pressentiment, j'ai fait suivre à ma sœur. Elle m'a répondu que le prénom lui disait quelque chose. « Si j'ose… ton autre sœur ? »

Ce dont je me souviens, c'est l'angoisse soudaine d'être découverte. Contre mon gré.

Cette personne dont l'existence m'avait déjà été évoquée venait de surgir de l'éther pour m'accabler de cette « grosse surprise ».

« *I am your half-sister. Our mother lives in Ethiopia. There is a lot of things you don't know.* »

Je me suis braquée.

« *We've been looking for you for so many years. Even for me it's very hard to believe.* »

Pourtant, j'ai vécu toute ma vie dans cette ville. Je n'ai pas bougé, je ne me suis pas cachée.

Tout m'angoissait : le ton, la joie qui dégoulinait de partout, le poids de l'information.

Prudente, j'ai demandé du temps.

Apparemment, j'ai mis deux ans.

J'ai du mal à l'expliquer, si ce n'est que cette intrusion fragilisait mon précieux équilibre.

Et surtout, ma mère est morte six mois plus tard.

Ma mère, le seul parent que j'ai connu. La seule mère qui compte à mes yeux.

L'événement qui m'effrayait le plus depuis ma tendre enfance s'est concrétisé alors que celle qui m'a enfantée tentait de reprendre contact avec moi. Une mauvaise blague de la vie. Ou un coup de la providence.

Quand j'ai finalement répondu que j'étais prête, je lui ai posé quelques questions. C'est mon métier, j'ai l'habitude, je suis en terrain connu. Le retour était sec. Essentiellement, « revoici le courriel qui t'a été envoyé il y a deux ans, j'ai déjà répondu à toutes tes questions ».

Je n'en ai aucun souvenir. Comme toutes ces fois où Sophie a dû me répéter un pan de notre histoire. Ma mémoire fait du *cherry picking*. J'oublie ce qui ne fait pas mon affaire ou ce qui est trop gros à absorber.

Ils m'ont cherchée. À mon départ, on aurait promis à ma mère biologique que je serais de retour pour la visiter. Mon père est mort à Montréal, mais ses funérailles ont eu lieu en Éthiopie. Nous sommes restées derrière, en raison de la situation politique. Elle, elle est allée, par contre. Un ami de Papa qui habitait le Canada se serait engagé à me retrouver et à communiquer avec elle par la suite. Il ne l'a jamais fait. Un chapelet de promesses brisées. Un deuil inexécutable.

Elle a donné son consentement, elle a signé des papiers, mais savait-elle ce qu'elle signait ? Était-ce un consentement éclairé ? J'ai encore ces documents. Je les ai étudiés mille fois.

Il n'y a rien qui évoque la temporalité, l'aspect temporaire de cette garde. C'est un renoncement, une adoption. Un abandon de sa fille.

Elle a continué sa vie, a eu deux autres enfants avec un troisième homme. Je ne juge pas, j'observe le décalage entre nos vies après la séparation.

C'est une nièce qui m'a banalement googlée et qui est tombée sur des images de moi. Apparemment, la ressemblance avec ma mère est indéniable et frappante. C'est plus qu'une ressemblance. « *Shocking* » est un mot qui revient souvent dans les correspondances.

(Je soupçonne qu'ils m'ont d'abord cherchée avec le nom à l'éthiopienne. Selon la tradition, le nom de famille est le prénom du père. Nos noms ont été occidentalisés, mais en Éthiopie je devrais être Rebecca Adunya.)

Au fil des échanges tendus et cousus de prudence, je rédige un petit mot pour ma mère biologique, avec l'assurance qu'il lui sera lu. Par où commencer un courriel à la femme qui vous a donné la vie, qui vous cherche depuis des décennies et qui prie le ciel (Dieu est évoqué souvent dans leurs missives, ils sont tous croyants et pratiquants) chaque jour pour votre retour inespéré ?

On apprend ça où, comment choisir les mots pour renouer avec sa génitrice ? J'ai essayé de me mettre à sa place, en supposant qu'elle voulait surtout savoir si j'allais bien, ce que j'étais devenue, si je lui en voulais. Sans m'épancher, parce que ce n'est pas dans ma nature et parce que tout ça m'était intrinsèquement étrange.

Avec il me semble beaucoup de doigté, j'ai réfléchi et rédigé un mot qui se voulait rassurant, vrai. Sans fioritures. Du genre : « Je suis en bonne santé, j'ai une belle vie, Maman est morte et je suis dévastée. Au fait, il était comment, mon père ? »

Ça n'a pas passé.

J'ai probablement été insensible, mais j'avais besoin de préciser que ma mère, c'était ma mère. Et donc, conséquemment, pas elle.

Mes sœurs n'ont pas voulu lui transmettre mon message. Elles étaient d'abord « peinées » de ma franchise, puis agacées par mon incapacité à laisser l'amour fleurir entre nous. Encore cette injonction des liens sanguins plus forts que tout.

Dans nos échanges, ma mère, Virginie, est la cible d'une rancune flagrante. On ne lui pardonne pas de m'avoir gardée auprès d'elle, au Canada. C'est elle qu'on tient responsable d'avoir rompu les liens.

« *If your mother really cared then she would have made sure that you were able to keep in contact with us.* »

Je ne tolérerai pas ces accusations, je ne permettrai pas ces paroles.

Bien sûr que ça lui tenait à cœur, c'est moi qui résistais à toutes ses tentatives de reprendre contact avec mon pays natal.

Et puis, pourquoi ces gens ne comprenaient-ils pas qu'elle avait fui un pays en guerre avec deux enfants mineurs pour rejoindre son mari mourant?

De quoi on m'accusait au juste? Mon absence de curiosité, mon manque d'amour?

« *Listen Rebecca, if you know what kind of life I lived in Ethiopia then you will appreciate that Mom gave you away. You are very lucky my dear. My childhood life was very poor. Whenever I remember about that life I hate it.* »

Voilà. On me reprochait mon ingratitude.

Depuis que je sais mon histoire, je me suis imaginé mille versions différentes de ce qu'aurait pu être ma vie, si le destin en avait décidé autrement.

Une vie parallèle.

Une vie où j'aurais eu moins de chances, moins de privilèges, moins d'accès.

Une certaine pauvreté, avec peut-être une aide financière de mon père.

Une vie qui ne mènerait sans doute pas à celle que j'ai aujourd'hui.

Je parlerais l'amharique, je n'aurais pas eu le luxe d'explorer d'autres continents, je ne sais pas si j'aurais gardé contact avec Sophie.

Je serais quelqu'un d'autre, sans les questions que je me pose aujourd'hui.

Plus on échangeait, moins je ressentais la pertinence de se rencontrer en vrai.

Mon petit frère s'est manifesté. Un autre étranger qui a fait son entrée – tonitruante, celle-là – dans ma vie. J'ai découvert un message décousu, sans ponctuation, proustien dans la forme, mitrailleur dans le fond. Une logorrhée implorant maintes fois la miséricorde de Dieu.

Peur panique.

« *Why don't you want to know us ?* »

Impossible d'ouvrir cette porte-là. Juste la teneur de son message me confirmait que ces gens cherchaient quelque chose que je ne pouvais pas leur donner. En plus, je ne les ai pas boudés exprès. J'ai appris leur existence dans un courriel. C'est ce que j'ai répondu, en leur souhaitant la meilleure des vies et des chances possible.

L'incommunicabilité était devenue trop importante.

« *Why don't you want to know us ?* »

La vérité, c'est que je voulais en savoir plus sur mon père. Je n'étais pas intéressée par lui, par elles, par eux. Ils ne m'intéressaient pas.

The line went cold.

Mon petit frère est revenu à la charge, cinq ans plus tard. Posé. Prêt à répondre à mes questions en échange d'informations sur moi.

J'accepte.

J'apprends que le premier mari de ma mère est un pasteur. Elle a rencontré mon père durant ses études pour devenir infirmière. Il dit qu'elle n'aime pas parler de ça. (« *We are terrible talkers.* ») Son père à lui est capitaine dans l'armée. Lui-même a quitté l'Éthiopie pour les États-Unis, par peur de représailles du gouvernement éthiopien. Semble-t-il qu'il était très militant lors de ses études. Notre mère est allée à l'ambassade plusieurs fois pour me retracer, écrit-il.

Des miettes ici et là, dispersées sur plusieurs mois.

«Bonne année!»

Une guerre civile éclate dans la région du Tigré. «Comment ça va? Est-ce que tout le monde est OK?»

J'imagine que je n'ai pas droit à cette information-là. *The line went cold.*

Le plus absurde, c'est que je pourrais rétablir le contact avec ces gens. Je sais physiquement à peu près où ils se trouvent et j'ai leurs coordonnées. À tout moment, je pourrais les appeler, entendre leurs voix au creux de mon oreille.

Toute une fratrie inconnue, mais joignable par téléphone.

Je n'ai qu'à composer leurs numéros.

Je ne le fais pas. Je ne saurais pas quoi dire, comment traduire les silences, le malaise.

Ou pire, l'inverse. Gérer un excès d'émotion, un trop-plein de joie.

The line stays cold.

La première personne à qui je l'ai dit, c'est une amie. Parce qu'elle a deux enfants de deux hommes différents, peut-être. Elle a tout de suite eu les larmes aux yeux. C'est elle qui m'a fait comprendre l'ampleur et la beauté du geste de ma mère.

Jusque-là, je n'avais pas réalisé la quantité d'amour requise pour m'accueillir dans son clan, ni ce qu'elle avait puisé au fond d'elle-même pour outrepasser l'indiscrétion de son mari, le traumatisme infligé à leur fille, la reconfiguration de son noyau familial, pour m'ouvrir son cœur et ses bras.

En me prenant sous son aile, savait-elle dans quoi elle s'embarquait ? Dans quoi il nous avait embarquées ?

Il y a une très belle scène au tout début du documentaire *Jane par Charlotte*, dans lequel Charlotte Gainsbourg explore sa relation avec sa mère feu Jane Birkin. Les deux sont assises face à face. Le temps est en suspens, un malaise traverse la pièce. Charlotte veut savoir d'où vient la pudeur qu'elles ressentent l'une envers l'autre. Jane explique qu'elle était intimidée par sa fille, même enfant. Qu'elle se sentait très privilégiée d'être en sa présence, qu'elle n'osait pas l'engueuler de la même manière que son autre fille, née d'une union précédente.

«Tu étais tellement secrète, dit-elle. Je n'avais pas de *clues*.»

Ça, c'est un reproche que je connais intimement.

Pour ma mère, j'étais fuyante, abstraite.

Je me demande si elle a perçu dans sa chair cette même pudeur face à moi. Je nous reconnais dans cette retenue qui s'est installée peu à peu. Est-ce qu'elle n'osait pas, parce que je la tenais à distance, parce que j'étais la fille d'une autre, de qui on parlait rarement ? Parce qu'elle se gardait une petite gêne, malgré l'amour ? Pourtant, pendant les dix premières années de ma vie, j'étais toujours pendue à son cou, sur ses genoux, dans ses jupes. Collée sur elle. Aimantée, même. Je l'aimais. Je l'aimais comme une enfant qui aime profondément sa maman. Je l'aimais tout simplement, pas besoin d'abuser de superlatifs.

Je voulais lui ressembler, mais j'étais terrorisée à l'idée de la perdre. Que la mort me la prenne. Je m'endormais en élaborant mille scénarios au cas où sa vie serait fauchée prématurément, comme celle de mon père. En cas de catastrophe, j'avais prévu que c'était à ma sœur que reviendrait ma garde. Si elle devait se désister, parce qu'elle avait envie de profiter de sa jeunesse, c'est chez ma tante et mon oncle, en Nouvelle-Écosse, que j'irais vivre. J'apprendrais l'anglais, je me débrouillerais pour me faire comprendre. Je serais loin de la ville, mais au bord de la mer. Je m'adapterais coûte que coûte. On s'habitue à tout.

Fabuler : imaginer des histoires fictives et les présenter comme réelles.

C'est ce que j'ai fait. Parce que je connais la
vérité.

J'ai fabulé mes origines. Je suis à l'étroit dans
cette fabulation depuis longtemps. Me démasquer
est essentiel.

Dre D. me met en garde, pour que je comprenne
bien la teneur de ce risque calculé. En racontant
mon histoire, je m'expose. N'importe qui peut
désormais m'aborder n'importe comment, n'importe où. Je me responsabilise, l'heure du jugement
est arrivée.

À travers quelques projets, j'ai confronté et voulu
défaire ces idées toutes faites sur les liens du sang.
Toujours en omettant cette partie de mon histoire
qui révèle réellement et totalement le pourquoi de

ma pensée. Pour moi, c'était une manière d'apporter ma pierre à mon propre édifice. Ça semble terriblement prétentieux, mais je m'obligeais ainsi à révéler mon vrai visage.

J'ai imaginé, enregistré et animé un épisode d'un balado sur la valeur des liens du sang. Je me suis un peu dévoilée, sans donner toutes les clés. Ce n'est pas tout à fait malhonnête, mais pas net non plus. Secrètement, c'était un hommage à ma mère.

Je n'ai plus le privilège de garder ça secret.

J'étouffe. Je ne veux plus me cacher.

Je peux défaire ce que j'ai fait.

Dans le cadre de cet épisode, j'ai rencontré le philosophe et sociologue français Geoffroy de Lagasnerie alors qu'il venait tout juste de publier *3 : une aspiration au dehors,* un essai dans lequel il rejette ce qu'il appelle l'autoritarisme familial. Il est engagé à fond dans ce mode de vie basé sur l'amitié, puisque le trio qu'il forme avec ses deux meilleurs amis, Édouard Louis et Didier Eribon, est le centre de son existence. Les liens du sang ne valent strictement rien à ses yeux.

« C'est pas parce que quelqu'un est mon frère que je devrais forcément avoir une relation privilégiée avec lui par rapport à des amis », me dit-il.

C'est une logique à laquelle j'ai toujours adhéré, j'avais du mal à accepter que ma sœur soit obligatoirement une amie proche (l'écart d'âge était trop grand, juste pour ça c'était irréaliste). Que le simple fait d'être né au sein d'une même famille soit nécessairement garant d'une intimité, voire d'une connexion sacrée.

Dans le cadre de ce même épisode, la Dre Lory Zéphyr, psychologue, me conforte dans ma pensée au fil de notre conversation. « Y a pas de raison pour prioriser coûte que coûte les liens familiaux. » C'est bien ce que je pensais, c'est ce que je voulais entendre.

Dans cette boîte à souvenirs, il y a l'avis de décès de notre père. Une coupure de journal jaunie, avec un morceau de papier collant. Il y a une photo de lui en noir et blanc. Je reconnais mes sourcils. Son visage est traversé par une moustache impériale qui trace un chemin depuis sa lèvre supérieure, en passant sur ses joues et jusqu'à ses oreilles. Son regard est profond. L'article est en amharique, que je ne peux pas lire, comprendre, parler. Encore et toujours bloquée par cette langue.

Je ne sais pas à qui demander pour traduire l'article, je ne connais pas vraiment d'Éthiopiens. Ils sont rarissimes par chez nous, ou c'est moi qui suis à l'écart. J'écris à ma collègue Azeb, que je croisais en allant à la piscine municipale quand j'étais petite, que j'ai recroisée entre les murs de la boîte où nous travaillons. Nos parents se sont connus, ça, je m'en souviens. Elle me suggère d'écrire à son père. C'est une grosse faveur à demander à quelqu'un que je n'ai pas vu depuis une vie.

Je lui envoie un courriel. Aucune réponse.

Six mois plus tard, son fils, que je connais, que j'ai vu à mon retour au pays natal, m'écrit pour m'annoncer qu'il est en ville avec sa petite famille. J'en profite pour lui demander de vérifier auprès de son père si ma requête s'est bien rendue. «Non, mais je viens de lui parler. Envoie-moi l'article. Il lui faudra un peu de temps, c'est tout.»

J'étais prête à attendre encore un peu, j'ai attendu toute ma vie. Ça lui a pris quarante-huit heures.

Je me suis mise à sangloter dès la première ligne.

Je pleure, parce que j'ai l'impression de gagner du terrain.

J'apprends qu'il repose dans une section réservée aux Héros de la Révolution, parce qu'il a été au front pour soigner des soldats blessés. Le texte mentionne une guerre «imposée à notre nation à l'est et au sud du pays à la suite des agissements concertés par les impérialistes», un passage qui me rappelle que je ne maîtrise pas l'histoire de mon pays natal (mais ça concorde bien avec une lettre envoyée à Maman, quand il lui disait qu'un certain colonel pourrait le localiser en cas d'urgence).

Mon père a été réquisitionné au front pendant la guerre de l'Ogaden.

Quelle force morale l'a porté durant ces moments? Où est-il allé puiser ça?

Par contre, les informations concernant son éducation me rendent confuse. Le Collège Kotébé à

Addis ? Le Grinnell College en Iowa ? Je ne vois pas comment ça s'inscrit dans la chronologie des événements de sa vie à cette époque, je n'en ai jamais entendu parler.

On écrit qu'il est « subitement tombé malade », mais je suis tentée de croire qu'en tant que médecin, il avait prêté attention à certains signes ou symptômes.

« Étaient présents lors des funérailles de hauts responsables du gouvernement ainsi que les membres de la famille et de nombreux amis du défunt pour lui exprimer leur dernier adieu et pour pouvoir partager le deuil ensemble. »

Il y a, dans une lettre envoyée à Maman, des détails concernant ses funérailles. Je me promets de la relire.

Je fais suivre à ma sœur, qui apporte quelques nuances. « C'est de la récupération politique », écrit-elle.

D'après l'avis de décès, le gouvernement s'était chargé des divers frais encourus pour le transport de sa dépouille et sa mise en terre dans sa mère patrie.

« Ils n'ont certainement pas payé pour son voyage pour aller se faire diagnostiquer, mais ils ont payé les frais d'hôpitaux à Boston. Les médecins dans les deux pays n'ont pas chargé. Le gouvernement a payé pour le retour des cendres. »

Ce qui est étrange, c'est qu'il a été incinéré à sa demande, mais qu'ils ont fait semblant d'avoir une dépouille à mettre en terre. « Maman en lambeaux qui se débattait comme un diable dans l'eau bénite avec les autorités éthiopiennes. Ils voulaient même nous forcer à y retourner. On savait qu'on ne pourrait jamais repartir si on y retournait, surtout toi. »

D'après ma sœur, c'était une manière de négocier le retour de la famille en Éthiopie. Les autorités gouvernementales n'ont pas cru à la maladie de mon père, au début. Sans doute y voyaient-elles une excuse pour échapper à la crise, pour fuir le pays, parce qu'à la suite du renversement de l'Empereur, les frontières étaient fermées, l'Éthiopie étant entrée dans une ère communiste. Ils étaient furieux d'apprendre que Papa avait été incinéré. Ce sont eux qui ont organisé des funérailles solennelles, comme le dictent les coutumes du pays, puisque c'est un rite de passage important. Si c'était une ruse, du chantage, ça n'a pas réussi. Nous sommes restées au Canada.

On n'a pas pu se recueillir sur sa tombe.

J'ai longtemps eu peur de remettre les pieds en Éthiopie, par peur « diplomatique » et « administrative » d'être obligée d'y rester. Malgré ma citoyenneté canadienne. Il y avait quelque chose de suspect.

Je passe par-dessus ma gêne pour téléphoner à Hailou. Je me souviens d'un homme élégant.

Il semble sincèrement heureux de me retrouver, de me parler de vive voix. De me raconter mon père, surtout.

Ils se sont rencontrés dans son cabinet, lorsque sa fille aînée a eu besoin d'une attention médicale à Addis. Rien de grave, mais c'est mon père qui l'a soignée. Hailou et Adunya ne se sont pas liés d'amitié. Des connaissances qui se sont perdues de vue, lorsque Hailou est devenu ambassadeur en France.

« Il y avait deux grands chirurgiens dans toute l'Éthiopie, me dit-il, et ton père était l'un d'eux. L'autre, c'était Asrat Woldeyes, le médecin personnel de l'Empereur. »

Évidemment.

Il ajoute qu'Adunya était très respecté de par sa profession, mais aussi en raison de ses études (ça aussi, c'est un refrain que je connais bien) et s'étonne d'apprendre qu'il avait étudié aux États-Unis, en Angleterre.

Il décrit mon père non pas comme engagé politiquement, mais engagé auprès de ses concitoyens. Il me dit que lui aussi croit qu'il y a eu de la récupération politique lorsque mon père est allé soigner les soldats au front. J'entends que Papa a obéi aux ordres, tout simplement, en tant que médecin, mais qu'il n'était pas pour la milice au pouvoir. Le fameux serment d'Hippocrate.

Il est allé voir mon père à l'hôpital à Montréal, quand il a su qu'il était tombé malade. Il lui aurait fait une demande, sur son lit de mort. On dirait une scène de film.

« Il m'a dit : "Je te demande une chose : tu dois absolument t'assurer que Sophie et Rebecca parlent la langue. Tu dois t'en assurer." » Je m'entends déglutir. La langue, l'essence d'une culture. Il rit doucement. « J'ai failli à ma tâche. »

Dans mes souvenirs lointains, quand on me racontait nos années en Éthiopie, on évoquait toujours l'Empereur. Il me semble. Dans ma compréhension d'enfant, les volontés de Sa Majesté et le parcours de mon père étaient indissociables.

Dans les faits, il n'y a aucun rapprochement à faire. Aucun lien de parenté (même si tous les Rastas que j'ai interviewés essaient de me convaincre du contraire – comme si je ne connaissais pas mes origines, leur ai-je répondu), aucune affinité royale, pas de marchandage illicite, d'autres tâches connexes, de complicité qui se jouait dans les coulisses du pouvoir. Rien. Mon père était un sujet de l'Empereur.

Son nom revenait souvent (surtout son vrai nom, Tafari Makonnen) dans les anecdotes et, en plus, il y avait cette photo d'eux, en noir et blanc.

Cette photo a été prise le jour de la visite de l'Empereur à l'Hôpital Haïlé Sélassié 1er, aujourd'hui Yekatit 12, dont mon père était le directeur.

À gauche, on voit l'Empereur, petit, avec ses yeux d'oiseau de proie, son port de tête conséquemment royal. Adunya est le premier dans la file pour le saluer. Il regarde par terre, il est au fait du protocole, il ne doit en aucun cas prendre les devants, établir un contact visuel. *Speak when spoken to.* Il doit attendre que Sa Majesté lui tende la main.

J'ai recréé cette image de mémoire. Il s'avère – surprise ! – que je ne suis pas fiable, ce n'est pas tout à fait ça. Sophie me la décrit telle qu'elle est. Sur la photo, Adunya a les bras croisés dans le dos en signe de respect et d'autorité, puisqu'il se tient derrière l'Empereur pour lui présenter son équipe de médecins occidentaux (comprendre : blancs) dont il est le patron. Ce sont eux qui font la file. Ma mémoire n'a pas retenu ça : la dynamique de pouvoir inversée.

Mon père ne regarde pas par terre, il regarde droit devant lui. Je me demande si, à cet instant, il mesure le chemin parcouru, lui, le fils d'un fermier qui a réussi à faire sa place, puis à devenir médecin. Ce que l'Empereur avait envisagé en envoyant une génération de garçons doués étudier en Occident. La boucle est bouclée.

Donc, enfant, je n'avais pas de père. C'est une des premières choses que j'ai comprises, une des premières choses qui m'a définie : son absence. Ça conférait à mon quotidien quelque chose d'atypique, parce que je ne connaissais aucun autre enfant à qui il manquait un parent. En plus, nous arrivions d'ailleurs, d'un pays où un Empereur – une figure obsolète – avait régné longtemps, un Empereur avec qui je partageais un patronyme.

Ça faisait très lointain, ça ajoutait à la singularité.

Ce pays où je suis née m'était non seulement étranger, il était abscons. Je n'avais pas de poigne sur l'Éthiopie, j'étais comme privée d'une réalité concrète. Quand je fouinais dans les albums de photos, je m'étonnais d'apprendre qu'il y avait des voitures, des électroménagers, de la modernité, parce qu'il fallait réconcilier ces images de ma petite enfance et celles que me renvoyait à présent la télévision, de l'Éthiopie dévastée par une autre famine, une catastrophe d'une telle ampleur que Michael Jackson et Lionel Richie, deux des plus grandes vedettes de l'époque, avaient fédéré leurs homologues pour venir à la rescousse de la nation.

Ça n'avait rien à voir avec ma vie là-bas. C'était le même pays, mais il y avait ce décalage.

J'étudiais les polaroïds de mon père, de ma mère et de ma sœur presque comme si c'était la famille d'une autre. C'était pourtant bien moi au centre, mais je n'en avais gardé aucun souvenir.

Après des décennies de valse-hésitation, j'ai finalement entrepris un voyage initiatique là-bas. C'était il y a environ cinq ans. Je ne me souviens plus exactement pourquoi j'ai eu l'appel. Toute ma vie, des proches se sont proposés pour m'y accompagner : des amoureux, des amis, Maman. Je refusais obstinément, j'attendais d'être prête, d'avoir un signal. Ça a été long. Même quand Sophie y est retournée avec ses enfants pour le travail, je n'ai pas bronché. Paralysée par la peur, par la possibilité même du projet. Ils ont été là pendant toute une année et je ne crois pas avoir eu la décence ou la sensibilité de leur demander sous quel signe se déroulaient ces retrouvailles. Avec le recul, je suis sonnée par mon égoïsme.

Quand je suis descendue de l'avion, j'ai pris une photo pour immortaliser le moment. M'être rendue là, c'était un accomplissement inouï.

Tout mon séjour était émerveillement, pimenté par un agacement intermittent. Celui de ne pas être une pure et authentique Éthiopienne, de ne pas parler la langue, d'être touriste chez moi. On m'abordait systématiquement en amharique, je devais fournir des explications, je m'excusais et, immanquablement, je lisais la déception sur les visages.

On me cataloguait «étrangère» ou *Ferenji*. Je hochais de la tête d'un air contrit, on me faisait comprendre ma place. J'ai peut-être mal interprété, il y avait sans doute beaucoup de curiosité. Dans un restaurant de la ville de Gondar, un musicien est venu à notre table. Notre guide s'est empressé de traduire ce qu'il chantait: «Princesse Rebecca revient chez elle pour de bon.» Ça me mettait soudainement énormément de pression, c'était ridicule, on n'attendait probablement rien de moi, peut-être même qu'on me réclamait, on m'acceptait en tant qu'Éthiopienne? Au fil des jours, c'est devenu anxiogène. Trop de sentiments conflictuels se matérialisaient sous forme de crispation.

Ce qui me captivait, c'était le pèlerinage. Avoir l'impression d'être sur les traces de Papa, d'occuper les mêmes espaces que lui, de me rapprocher du but. Dans le château médiéval de Gondar, j'ai essayé de recréer une photo de lui à peu près au même endroit. Je suis allée me baigner dans la piscine de l'hôtel Hilton, qui jadis avait été son quartier général. Dans un cimetière adjacent à une vieille église, où sont enterrés des gens considérés comme importants, j'ai cherché sa tombe. C'était une obsession adolescente, qui ne m'a jamais quittée. Je suis partie sans la trouver, en me disant que je reviendrais.

Je savais aussi que j'étais chez *elle*. Sur son territoire. Je n'ai pas cherché à la localiser, c'était déjà une victoire d'être sur place. Je ne pouvais pas en faire plus.

J'entretiens une relation ambivalente avec mon pays natal. J'empêche toute familiarité, je tends à l'éloignement, mais je veux aussi qu'il m'accueille à bras ouverts, à ma convenance, selon mes désirs, sans poser de questions. Il m'a charmée, mais je crains qu'il m'engloutisse ou qu'il me rejette, ou un peu des deux. Il demeure mystérieux.

Le documentaire *Grandpa was an emperor* suit Yeshi Kassa, l'arrière-petite-fille de Haïlé Sélassié, dans sa quête pour découvrir ce qui est arrivé aux membres de sa famille après le coup d'État de 1974. C'est un grand projet qu'elle entreprend, puisqu'il lui faut déterrer des informations auxquelles elle n'a jamais voulu faire face. Sa sœur et elle tentent d'expliquer cette omerta qui régnait sur la famille.

« *We are terrible talkers* », dit Kassa.

Pareil pour nous.

C'est en regardant ce documentaire que je comprends une fois pour toutes la réalité de la vie de mes parents et de ma sœur à cette époque. Je me prends une claque.

Au milieu des années 1960, l'Éthiopie est secouée par des manifestations étudiantes. Les plaques tectoniques du pays bougent.

En 1973, une famine fait 200 000 victimes. Le ministère de l'Agriculture avait sonné l'alarme six mois auparavant, mais rien de concret n'avait été fait.

Un an plus tard, c'est le coup d'État. Les images de la déposition de l'Empereur font le tour du monde. On le voit escorté hors du palais, puis embarqué dans une modeste coccinelle Volkswagen bleue, une humiliation publique après un règne de cinquante-huit ans. Mengistu Haile Mariam, un officier junior, est choisi pour représenter l'armée. Le pays tombe dans le chaos et l'horreur. Les gens sont massacrés par milliers. C'est la Terreur rouge, orchestrée par le Derg, la junte militaire. Ceux qui s'opposent au nouveau gouvernement sont tués, parfois en plein jour.

Des cadavres jonchent les rues. À la radio et à la télé, on appelle les gens qui doivent subir un interrogatoire.

C'est au cours des années suivantes, dans l'après-coup d'état, que Sophie et Virginie mettent le cap sur Montréal, pour un séjour d'un mois chez sa mère. Quelque chose germe dans l'abdomen de Virginie. Elle se plaint de douleurs au dos, elle vomit une quantité inquiétante de sang, mais son mari (pourtant médecin) ne cède pas à la panique. Il le regrettera par la suite, lorsqu'il apprendra qu'elle doit être opérée d'urgence pour des ulcères. On lui retire une partie de l'estomac. Sa convalescence est beaucoup plus longue que prévu. Forcément, le séjour est prolongé. Adunya vient passer Noël avec sa femme et sa fille. Il prend une petite chambre au Royal Hotel sur Côte-des-Neiges, il ne supporte pas l'hypocrisie ni le racisme ordinaire de sa belle-mère.

Adunya et Virginie décident que, pour le bien de leur fille, elles doivent rester au Québec. Évidemment, personne ne consulte la principale intéressée, qui aurait préféré réintégrer son école à Addis-Abeba que de repartir à zéro au Collège français dans le Mile End, parce que les enfants suivent.

Elles emménagent dans un trois et demi sur la rue Gatineau et partagent une chambre avec deux lits simples. Adunya quitte sa famille à contre-cœur : l'Éthiopie se bat pour son âme, c'est le sens du devoir qui l'appelle.

Il est seul pendant des mois.

Je repense aux lettres que Maman a brûlées.

Il y avait peut-être des aveux, des mots douloureux, des paroles regrettables.

Des preuves de son intransigeance ? De son étroitesse d'esprit ? De sa vraie nature ?

Les enfants ne doivent pas tout savoir.

Il ne reste plus aucune lettre que Maman a rédigée.

Et si, dans un ultime geste de lucidité, elle faisait exprès de brouiller les pistes ?

Un acte délibéré.

Les lettres qui ont échappé aux flammes, ce sont celles qu'il lui a envoyées au cours de ces mois de solitude, où la tentation s'est pointée le bout du nez.

Il n'y a aucun indice de son indiscrétion, de son erreur de jugement, de sa connerie.

Et s'il lui avait annoncé son infidélité avant ? Et s'ils avaient marchandé une ouverture, une clause spéciale, des passe-droits, des « en cas de circonstances exceptionnelles », qu'elle réfutait à présent ?

J'ai l'impression de commettre une légère infraction en lisant ces lettres adressées à ma mère et à ma sœur à une époque où je n'existe pas encore.

Techniquement, ça ne me regarde pas. C'est avant mon temps.

Ce qui transcende les pages, c'est l'hypervigilance de mon père face à la situation politique en Éthiopie.

Il s'inquiète de la confidentialité de ce moyen de communication, voudrait ajouter autre chose, mais se retient. « Peut-être suis-je parano », écrit-il.

Il confie être l'objet de potinages, de ragots, il comprend mieux pourquoi il n'obtient pas son visa. Il demande à Virginie d'être prudente, de ne pas fréquenter quiconque ayant une connexion avec l'Éthiopie. Il précise que Sophie devrait aussi faire attention.

Cette lettre est rédigée sur des pages frappées du logo d'une compagnie pharmaceutique (métronidazole, ampicilline, corticoïde topique, antispasmodique), un détail que je remarque là, pour la première fois. Il a dû écrire alors qu'il était au bureau, entre deux patients, avec ce qui lui tombait sous la main.

Par précaution, il leur fournit le numéro d'un colonel (colonel Tsegay Habtenwolde, je n'ai rien trouvé à son sujet. L'histoire semble avoir oublié son existence, du moins Google ne l'a pas recensé), qui saura où le trouver si Papa est chez les Américains à la Kagnew Station Hospital à Asmara, en Érythrée.

L'autre chose qui saute aux yeux, c'est l'écrasante solitude qu'il ressent. Tout est vide sans elles, écrit-il. La maison est vide, mais aussi le quartier.

« *All the servants are doing their best to make me comfortable. Amsale is in charge.* »

La gouvernante ? Ça m'impressionne beaucoup, cette idée d'avoir des domestiques.

Il philosophe : « *Nature has her own laws and there's little we mortals can do to change them.* »

Rien sur cette femme qu'il a rencontrée.

Un mois plus tard, une autre lettre.

Un mois qu'il ne les a pas vues.

Les week-ends sont interminables, son impatience (dont j'ai hérité) est tangible. Son travail ne réussit pas à le combler, il n'en peut plus de tout le côté administratif.

« *I can't tell you how much I hate it* », écrit-il avant d'ajouter qu'il pense démissionner comme directeur. « *I can only do my best and no more.* »

Mon père, cet homme érigé sur un piédestal, est un humain écœuré de remplir des formulaires et de les signer.

« *Somehow I manage to get some surgery done* », ironise-t-il. Je souris : il a de l'humour !

« *Tebeka and the puppies are alright, Sophie.* » Une phrase qui me rappelle encore une fois à quel point, chez nous, les animaux de compagnie sont précieux. Même sur fond de guerre civile.

La douleur d'être séparé de sa famille, c'est ce qui revient le plus dans ces correspondances.

Sa routine est complètement bousculée par l'absence des femmes de sa vie.

Il va bien physiquement, mais «*I must confess*», il s'ennuie d'elles. Ça sonne terriblement *british* dans ma tête.

Il fume à peu près 25 à 30 cigarettes par jour! «*This is terrible and I am trying very hard to cut down.*» C'est vrai que c'est mal vu pour un médecin qui devrait être assujetti à une hygiène de vie irréprochable.

Il s'enquiert des traitements d'orthodontie de sa fille.

Toujours rien sur l'autre femme, ma mère biologique.

Il cachait bien son jeu. Ou je m'invente une histoire.

J'aurais tellement aimé le connaître, je dévore tout ce sur quoi je peux mettre la main, tout ce que je peux décoder.

Je percevrai toujours sa mort, survenue trop tôt dans sa vie et dans la mienne, dans la nôtre en fait, comme une injustice subie.

Tout m'intéresse, tout révèle quelque chose de sa personnalité.

Deux points d'exclamation, les détails anodins ajoutés entre parenthèses. «La fille du Dr G (malheureux au département d'ophtalmologie à l'Hôpital Ménélik II) vient d'avoir son permis (deux points d'exclamation) et fait dire qu'elle suit des cours de français à l'Alliance française.»

Ou il leur annonce qu'il s'est fait pousser la barbe.

Ses choix de mots et d'expressions : « *Do let me know.* »

J'essaie de m'imaginer sa voix, de la reproduire à partir de rien.

Même la banalité de son quotidien m'enchante.

Par exemple, il écrit qu'il est 13 heures et que c'est l'heure du lunch, donc il prend une pause pour se rendre au Hilton. (Il mange souvent au restaurant !)

Puis… il revient et continue sa correspondance en racontant explicitement ce qu'il a fait depuis qu'il a déposé son stylo : « *I went to the Hilton.* » Il avait envie de se présenter chez ses amis, il s'est ravisé, il est rentré sous la pluie.

Sa lucidité : « *You know what a terrible correspondent I am.* »

Contrairement à Maman, qui aime écrire et qui le fait bien, pour lui c'est du boulot, mais écrire à sa femme et à sa fille « *is fun, real fun* ».

Parfois ma pudeur me rattrape. Je tamise ma curiosité – ou c'est la fatigue ? –, bref, je mets de côté les lettres. Ça ne me regarde pas. Est-ce qu'on a besoin de tout savoir ?

Rien qui annonce la tromperie, l'erreur de parcours, l'autre femme. Je ne saurai jamais comment il a réagi à l'annonce d'une grossesse non désirée, s'il a exigé un avortement, s'il a compris sur-le-champ le mal dont il était responsable, s'il a paniqué, plaidé, accepté, renié.

« *There's a lot you don't know* », avait écrit ma demi-sœur.

Je n'ai pas envie de savoir.

Les signes ne mentent pas, Adunya les a repérés chez ses propres patients, en pensant certainement qu'il était un peu au-dessus de ça, qu'il était en quelque sorte protégé, parce que sa vocation c'était de soigner. On n'inverse pas les rôles comme ça.

Comment, bon sang, pouvait-il être atteint, lui ?

Il s'en veut d'être physiquement fragile, que son intégrité physique soit menacée.

Ce n'est pas le bon moment (quand est-ce que c'est le bon moment ?) pour être malade, mais il est bel et bien rongé par le cancer. Le cancer du pancréas, celui qui ne pardonne pas, qui condamne.

Adunya doit se rendre à l'évidence : l'Éthiopie ne peut rien pour lui. Il a (re)donné à son pays sans compter, mais ce n'est pas chez lui qu'il pourra se faire soigner adéquatement. Il doit se faire opérer dans un centre d'oncologie spécialisé et trois villes seulement offrent le traitement qui pourrait l'aider : Tokyo, Londres et Boston. Mon père choisit Boston, pour sa proximité de Montréal. Il y passera un mois avant de comprendre qu'il est trop tard, qu'il doit faire revenir sa famille à son chevet. Il retourne à Montréal une dernière fois, pour y mourir.

Je n'en ai aucun souvenir, mais on m'a beaucoup raconté mon arrivée au pays. «Tu t'es levée dans ta poussette et tu as dit : "Canada ! Ca-na-DA !"»

Ça nous a toujours bien fait rire, cette première impression et cette image que je me suis faite à partir du souvenir des autres.

Ce qui se cache derrière cette scène comique est beaucoup plus sombre.

Quitter le pays en pleine guerre civile, coûte que coûte, alors que les frontières sont contrôlées. Et si les autorités décidaient de fermer définitivement le passage ? L'Éthiopie sombre dans le chaos depuis que le Derg a pris le pouvoir et liquide quiconque le défie. Les gens sont assassinés aléatoirement, l'élite intellectuelle et politique est sous haute surveillance. Certains arrivent à quitter légalement le pays, d'autres fuient à pied.

Maman doit trouver un moyen de sortir du pays rapidement sans éveiller les soupçons. Pour garantir le retour de la famille au pays, on lui suggère de laisser une de ses filles en gage. C'est une demande irrecevable, un choix impossible qu'elle ne fera pas. On ne touchera pas à un cheveu de ses filles. Il n'y a aucune distinction à faire entre celle qu'elle a portée dans son ventre et l'autre qu'elle a accueillie tout récemment: les deux sont à elles, à Adunya, à eux. C'est ensemble ou rien.

Est-ce qu'elle a les bons papiers pour nous faire traverser les frontières légalement? Je n'arrive pas à m'imaginer son état d'esprit à ce moment précis de sa vie, alors qu'elle doit retrouver son mari avant qu'il ne meure et partir en sachant très bien qu'elle ne reviendra jamais. Tout laisser derrière.

L'exil, au péril de notre vie?

Je ne sais pas si j'exagère.

J'ai un laissez-passer. «Je n'oublierai jamais ce document», dit Sophie quand je le lui montre par FaceTime.

Je sais qu'on a eu une permission spéciale, que Maman a exigé de rencontrer l'ambassadeur Aubrey Morantz pour qu'il use de son pouvoir discrétionnaire. Elle le mentionne dans une lettre envoyée à des amis: «[…] avec l'aide heureuse de M. Morantz». Je ne sais pas comment elle a réussi à avoir un entretien avec lui, dans quel état elle est arrivée dans son bureau, qu'est-ce qu'elle lui a dit pour lui faire comprendre que nous devions déguerpir.

Le seul moyen qu'elle a trouvé pour assurer notre sécurité à toutes et nous rendre à destination, c'est de nous séparer. Elle ira au chevet d'Adunya à Boston, nous irons à Montréal rejoindre sa famille. Elle fait les cent pas dans la maison, sa tête surchargée de responsabilités à abandonner. Il n'y aura aucune possibilité de fermer la maison, de fermer les comptes, d'emmener les chiens, de planifier un déménagement en bonne et due forme. Ce n'est pas partir pour mieux revenir. C'est sauve qui peut.

Elle ressent avec acuité la proximité du monde. Elle a les deux pieds dans la réalité, dans le quotidien de ses filles, dans la terreur d'une ville en proie à la révolution. C'est tangible, palpable. Elle touche le bois de la table, le linge à plier, le stylo pour apposer sa signature. Mais elle habite simultanément une autre dimension. Où elle flotte, en apesanteur, déconnectée des grands enjeux du monde, absorbée par son drame à elle, par tout ce qu'elle s'apprête à perdre. Son mari, dans un autre pays, en train de vivre ses derniers instants.

Des personnes de confiance triées sur le volet sont mises au parfum, pour l'épauler dans sa course folle. Des alliés indéfectibles qui retourneront leur veste. Qui profiteront de sa vulnérabilité.

Il n'y a pas d'évacuation prévue pour les ressortissants canadiens. Elle met ses filles, ce qu'elle a de plus cher, sur un vol, puis en prend un autre. C'est ça, le plan. Si ses nerfs tiennent, si Dieu le veut. Il y a longtemps que Virginie n'a pas prié, mais le jour du grand départ, tout est permis, même de croire en Dieu.

Dans l'avion, elle s'engourdit avec l'alcool. Son esprit est agité, elle repasse chaque étape du plan. Est-ce que Rebecca a suffisamment de couches pour le vol ? Est-ce qu'elle aura un peu d'appétit pour avaler quelque chose ? Est-ce que Sophie s'est apporté de la lecture ? Elle réprime un sanglot, vivement consciente de l'énorme responsabilité qu'elle a imposée à son aînée. Est-ce qu'elle lui pardonnera un jour ? Son cœur de mère est en proie au remords, son cœur d'amoureuse est en pièces. À des milliers de kilomètres d'elle, son mari va s'éteindre au moment où une nouvelle vie à quatre se déployait devant eux. Il n'y a pas de justice en ce bas monde, pense-t-elle, dévastée.

Sur l'autre vol, Sophie se terre dans l'effarement, une main posée sur sa petite sœur profondément endormie à ses côtés. L'effet du Gravol.

Elle a le devoir de la protéger, elle le sait.

Elle se garde de protester, les enfants n'ont jamais leur mot à dire. Elle refoule sa confusion, sa tristesse, son ras-le-bol avec ses secrets d'adolescente.

C'est trop. Trop pour elle. Et trop peu de temps pour s'y faire.

On la retire de son monde, son père est gravement malade.

Sophie essaie de s'arrimer au présent, d'être l'adulte qu'on lui intime d'être, se doutant bien que ce qu'elle vit là est tout sauf normal et qu'elle en portera les traces toute sa vie.

Vers la fin des années 1980, une histoire avait beaucoup circulé dans les médias, celle de Betty Mahmoody, une Américaine qui avait fui son mari iranien après l'avoir suivi jusque dans son pays. Elle avait publié un récit intitulé *Not without my daughter* (*Jamais sans ma fille*) dans lequel elle témoignait de l'abus dont elle avait été victime, mais surtout de son évasion rocambolesque et dangereuse pour retrouver, avec sa fille (d'où le titre), les États-Unis. C'était ma seule référence qui me permettait de comparer. Et je me souviens d'avoir demandé à Maman « un peu comme ça ? » pour tenter de concevoir notre départ précipité.

« *How on earth did you manage to get there in one piece?* » C'est un passage tiré d'une lettre envoyée à Maman à la suite de ce voyage.

Elle n'était plus un seul morceau. Elle était mille fragments.

Dans notre grande filière de documents importants, il y a une confirmation de filiation. Ça donne l'impression d'un aveu, même d'une obligation d'avouer, plus que d'une reconnaissance de parentalité.

Je suis adoptée. Ça aussi, il faut y faire face.

Je ne me suis jamais considérée comme adoptée, parce que celle à qui j'ai été confiée était la femme de mon père. Ça restait dans la famille, en quelque sorte.

Je ne voulais pas faire de l'appropriation, m'inviter dans le grand cercle des adoptés, puisque des chromosomes légitiment ma place au sein de cette famille.

Il s'agit pourtant bel et bien d'une adoption. Il y a des lettres dactylographiées, avec l'en-tête du Tribunal de la jeunesse pour me rappeler que Maman a été convoquée au ministère de l'Immigration.

Il y a eu un choix conscient, une décision, puis une succession d'actions.

J'ai eu un autre prénom. Ça aussi, je l'ai toujours su, mais ça faisait longtemps que je n'y avais pas pensé.

Je me suis brièvement appelée Mimi.

Quatre lettres qui évoquent la sémillance, la légèreté et, soyons honnêtes, un profond manque d'imagination.

Mon père, ma sœur et ma mère ont proposé d'autres options. C'est Maman qui a gagné. Me donner un prénom, c'était me faire sienne.

Rebecca, c'est un nom biblique. C'est un choix particulier, encore une fois, pour une femme qui avait fait un pied de nez à l'Église, mais nous sommes tous des êtres de contradictions. Rebecca, c'est celle qui a été choisie pour devenir la femme d'Isaac, quand elle a accepté de donner de l'eau à l'envoyé d'Abraham, qui cherchait une femme pour son fils. Toutefois, en me penchant sur son histoire, je comprends qu'elle a menti. Une vraie fourbe, elle a fait passer son plus jeune pour l'aîné, pour qu'il puisse hériter d'un pays. Je suis presque certaine que Maman ignorait ce pan de l'histoire de Rebecca, mais aujourd'hui, je ne vois que l'aspect prophétique de cette coïncidence. Est-ce qu'un prénom peut déterminer une trajectoire ?

Sophie dirige mon regard ailleurs, pour recadrer ma conception occidentale et contextualiser ce que je perçois comme un abandon, en faisant bien attention de ne pas minimiser mes émotions.

Dans certaines parties du monde, il est tout à fait normal de *confier* son enfant à d'autres. C'est vrai que confier, ça sonne plus doux.

Chez les Inuits, par exemple, l'adoption est un régulateur démographique, une tradition décidée par les aînés qui placent en adoption, ou donnent en cadeau, un enfant né hors mariage ou issu d'une famille trop nombreuse à un couple qui ne peut pas en avoir. Par survie. C'est l'histoire de l'autrice-compositrice-interprète Elisapie Isaac, originaire de Salluit au Nunavik et adoptée à la naissance par le cousin de son grand-père. C'est sa grand-mère qui a tout planifié. C'est bien documenté et raconté dans certaines de ses chansons : Elisapie est née d'une brève histoire d'amour entre George, un Allochtone anglophone de St. John's, venu travailler dans le Nord pour la Compagnie de la Baie d'Hudson, et Eva, déjà maman trois fois de trois maris différents. Ses parents ont renoué une seule fois : le temps d'un voyage, lorsque leur fille avait 11 ans, pour l'emmener voir le Sud.

C'est une artiste que j'ai rencontrée souvent, dans le cadre de mon travail, mais ça me prend six mois pour m'en remettre à ma volonté, pour convoquer le courage de l'appeler pour lui demander des précisions. Lui parler de quelque chose d'aussi intime m'intimide. La dynamique est en quelque sorte inversée, je dois lui révéler ce qui est au cœur de mes réflexions, alors que d'habitude c'est le contraire.

Dès que j'entends sa voix dans mon portable, je me sens mieux. Je sais déjà que cet échange sera transformateur. Sa présence, même diffusée à travers les ondes cellulaires, a un effet narcotique. Elle est d'un calme transmissible. C'est culturel, me dit-elle, « *that's where we go* ».

Il n'y a eu aucun secret, aucun tabou entourant l'adoption d'Elisapie. Dès le début, elle savait qu'Eva était sa mère biologique. « On a un terme pour ça, une *puukuluk*, qui veut dire "petit sac", qui différencie de la mère adoptive, parce que chez nous, ta mère adoptive, c'est ta mère (elle le dit avec détermination, insistance, en appuyant bien sur les mots), c'est elle ta mère. »

La sensation de me poser quelque part. *Exit* le lien sanguin.

Les valeurs qu'on lui a transmises, sa manière de voir et de comprendre la vie: elle me confirme que tout ça lui vient de ses parents adoptifs, puisque c'est auprès d'eux qu'elle a grandi.

Elle continue: «Vers l'adolescence, quand on est moins gêné, quand on devient plus indépendant, on retrouve naturellement cette famille (biologique) et on développe tranquillement les deux familles. C'est comme la deuxième chance de faire une famille.»

C'est intéressant, ce réseau de parenté et cette conception de la filiation qui en découle. Les géniteurs ne sont pas effacés de l'histoire ou écartés de la vie de l'enfant, ils y participent, ils contribuent à son développement. On additionne la première famille à la seconde. Il n'y a pas de concurrence, chacun a sa place. Malgré ce réseau de parenté harmonieux, Elisapie n'a pas été épargnée par le conflit de loyauté qui la tracasse encore, surtout du côté de sa famille adoptive. Ses tantes la taquinent, font des petits commentaires du genre «tu es à nous, hein?» et elle rigole. «C'est fait avec beaucoup d'amour», me dit-elle. Eva, sa *puukuluk*, a toujours gardé ses distances, par respect pour la mère d'Elisapie, très fière, même quand celle-ci est décédée lorsque Elisapie avait 22 ans. «Eva a vite compris qu'elle ne pouvait pas être trop présente.»

Je sens que, comme pour moi, quelque chose s'est déclenché chez Elisapie, et c'est par la musique qu'elle s'octroie le droit d'interroger des concepts, des coutumes, des habitudes.

Je lui demande si elle s'est sentie abandonnée.

«On ne se pose pas ces questions-là, c'est la norme, c'est naturel, c'est une forme d'entraide, ç'a été planifié par ma grand-mère. C'est par l'entremise d'une thérapeute allochtone et blanche que j'ai ouvert ce dossier-là.»

Les Inuits ont appris à vivre dans le moment présent, à vivre avec les blessures et à les laisser dans le passé. «C'est notre mode de survie depuis des millénaires.»

Elle a ouvert ce dossier quand même, puis réalisé que, sous la pointe de l'iceberg, il y avait une montagne, un travail colossal à entamer et beaucoup d'idées à défaire, d'obligations imaginées auxquelles renoncer.

Elle s'est rebellée, tardivement, chose qu'elle ne s'accordait pas avant.

«J'ai été un cadeau, j'ai pas le droit de faire chier ma petite maman, pas le droit de faire chier ma famille biologique parce qu'elle m'a donnée.»

Un cadeau. Je peux concevoir toute la beauté dans ce geste, mais la responsabilité qui incombe subitement à cette enfant me stupéfie.

Elisapie est plutôt dans l'apaisement d'avoir en quelque sorte tenu sa promesse.

«Sachant que j'apportais de la joie à mes parents, j'ai appris que mon identité est basée sur ça: le fait que je suis un petit projecteur de joie. J'ai vite compris ça, enfant. *That's what I gotta do, so I have to show up.* Ça m'a définie, je ne regrette tellement pas mon adoption.»

Un rôle attribué dès la naissance, une vie entière à tout démêler. Elle m'encourage à aller jusqu'au bout, malgré la gêne et la pudeur.

Pour aller plus loin, je lis *Une poupée en chocolat*, de la documentariste Amandine Gay, dans lequel elle réfléchit sur les racines et les conséquences de l'adoption transnationale et transraciale, dont elle est issue. Elle évoque entre autres la circulation des enfants sur le continent africain, cette idée de substitution, le contraste avec les sociétés occidentales, bref une autre conception de la parentalité.

Même si nos histoires ne se ressemblent pas en tout point, ses réflexions alimentent les miennes. Est-ce que j'ai donc été arrachée à ma famille ? À ma culture ? Aucun souvenir, mais on dit que ça laisse des traces. Ma mère biologique, contrairement à la sienne, n'a pas souhaité rester anonyme, mais on a coupé les ponts. On l'a privée de contacts. *Je* l'ai privée de contacts.

« Sans notre séparation, écrit Amandine Gay, je n'aurais pas appris à penser autrement la famille[6]. » Je me reconnais, il y a chez moi de la place pour toutes les conceptions de la famille.

6. Amandine Gay, *Une poupée en chocolat*, Les éditions du Remue-Ménage, 2021, p. 252.

Je me suis souvent demandé comment avait fait
Maman pour m'aimer autant, malgré le fait qu'elle
n'avait pas accouché de moi, malgré le fait que mon
père l'avait trahie. Je cherchais la faille, le truc qui
ferait que, dans un moment de vulnérabilité, de
faiblesse provoquée par de grandes frustrations,
poussée dans ses derniers retranchements, exsangue
à cause de la charge mentale, elle révélerait son
vrai visage. Une parole lui échapperait. Ça ne s'est
jamais produit. J'étais l'enfant de son mari et donc,
pour elle, j'étais son enfant aussi. Dans mon cas, il
s'agit d'une adoption intrafamiliale, c'est-à-dire au
sein d'une même famille. Ça tombait sous le sens.

Et puis Sophie me rappelle qu'avant mon
arrivée nos parents voulaient d'autres enfants. Je
ne crois pas qu'elle dise ça pour me faire plaisir, ce
n'est pas son genre. « Je me souviens de cela très

clairement. Je pense que ton arrivée au monde est aussi dans ce contexte. Il y avait un grand désir d'avoir d'autres enfants.»

Je repense à un des mantras préférés de Maman : « *Be careful what you wish for, you just might get it.* » Ça signifiait qu'il était essentiel de bien formuler un souhait, pour s'assurer d'obtenir ce qu'on voulait réellement, dans les bonnes circonstances, mais aussi de réfléchir sérieusement afin de savoir si on le désirait vraiment.

Il y avait eu autre chose dans la jeunesse de Maman, une expérience qui, avec le recul, a sans doute facilité mon arrivée dans sa vie.

À cette époque, les enfants dans le besoin étaient en circulation. Parfois c'était une adoption intrafamiliale, par exemple une femme adopte l'enfant de sa sœur, pour dissimuler l'illégitimité. Parfois c'était par solidarité et charité (chrétienne, parce que l'Église était toute-puissante) : pour éviter de placer ces enfants en institution, on les confiait à des familles à proximité.

Ma grand-mère a été cette famille d'accueil, d'abord pour l'enfant d'une petite-cousine. Le père soudain veuf avec dix enfants à sa charge. Puis, pour un frère et une sœur avec qui elle ne partageait aucun lien biologique, mais dont les parents étaient malades et dans l'impossibilité, durant leur convalescence, de s'occuper convenablement de leur marmaille. Tous leurs enfants ont été éparpillés dans la région ; c'est ma tante (la sœur de ma mère) qui leur enseignait et qui les a emmenés chez sa mère (ma grand-mère). C'était un coup de pouce, une assistance. Une prise en charge approuvée et acceptable. Cette femme s'est toujours considérée comme un membre des deux familles, elle m'appelait sa nièce et j'ai toujours considéré sa fille comme ma cousine. Cette filiation fictive, c'est dans le cœur de ma mère aussi. Je ne viens pas du voisin.

Je suis celle qui raconte l'histoire, vous présumez que ma parole est fiable.

Vous me faites confiance.

Pourtant, je vous ai avoué que j'ai longtemps menti.

Ma vie organisée autour de ce secret, je croyais m'être débarrassée du mensonge.

Il m'a suivie ici, dans ce refuge qu'est devenue l'écriture de notre histoire.

Alors que je suis ensevelie sous nos archives personnelles, que je revisite les chapitres de notre famille, un événement est venu perturber ma vie.

Comme si un scénariste inconnu s'était immiscé dans ma quête.

Comme si le destin se manifestait pour que je n'aie pas le choix d'y croire, de m'incliner devant sa puissance, devant l'inexistence de mon libre arbitre.

Un jour, j'ai été précipitée dans un scénario tellement inimaginable, tellement insensé que jamais de toute ma vie mon esprit ne s'y était aventuré.

Tant qu'à aller au bout du mensonge… c'est ça que Sophie voulait explorer. Que ma vie était construite sur un mensonge initié et imaginé par moi, d'accord. Mais depuis trois ans, elle couve un doute. C'est maintenant qu'elle me l'avoue.

Un doute lui faisant croire que quelqu'un d'autre a menti.

J'avais succombé à cette tendance de commander un test ADN par Internet et on avait beaucoup ri en lisant les résultats : j'étais supposément 55 % italienne.

J'ai réécrit à la compagnie pour leur dire qu'ils étaient sautés ben raide. On m'a répondu quelque chose de doucereux, comme « oui, nous comprenons que c'est difficile à encaisser ».

J'ai refait un test avec une autre compagnie, la même que ma sœur, et le résultat m'a satisfaite : 100 % éthiopienne. J'ai remisé ça dans un tiroir de mon cerveau.

Sophie se demande depuis ce moment pourquoi je n'apparais pas dans ses connexions ADN sur le site de la compagnie. Logiquement, puisque je suis sa sœur, je devrais y être.

C'est vrai qu'on a juste ce papier de reconnaissance de filiation. « *Born out of wedlock.* »

« Est-ce que tu comprends ce que je suis en train de dire ? » me lance-t-elle au téléphone, en essayant de m'épargner un plus gros choc.

Sa voix est comme étouffée, elle me vient de loin. Mes oreilles bourdonnent.

Atomisée.

Je me précipite sur mon ordinateur pour me connecter à mon compte, chercher le profil de ma sœur (elle n'apparaît pas), puis celui de ma nièce.

Aucune connexion ADN.

«Rebecca, ça ne change rien.»

C'est une phrase qu'on me répète depuis.

Mais ça change tout.

Ma seule certitude ne serait qu'une illusion.

Je ne suis pas la fille de mon père.

Je deviens très consciente du danger qui me guette. Est-ce que je vais surmonter ça? Revenir de ça?

Je ne suis pas la fille de mon père.

Je suis évidemment très brutalement confrontée à mon hypocrisie, ou du moins à mes principes.

Quand je dis que les liens du sang n'ont aucune valeur, c'est donc une croyance que j'ai construite qui ne fonctionne que si je suis la fille de mon père? C'est exclusivement pour rendre hommage à ma mère?

C'est une cuirasse de protection?

On prend rendez-vous pour un test ADN afin de déterminer la suite des choses.

C'est le genre d'activité que je n'avais jamais envisagé de faire *pour vrai*.

Commander un test sur le Web, succomber à cette mode conne, ça allait, c'était un peu pour rire.

Mais dans le bureau d'une infirmière, ça devenait grave.

Je ne suis pas la fille de Papa.

Dans un stationnement extérieur de Laval, une scène de film.

On cherche désespérément à donner un sens à cette mauvaise surprise.

C'est tellement compliqué, c'est exactement tout ce que je ne veux pas.

Je veux que ce soit simple.

Sept à huit jours ouvrables. Pendant ce temps, faire semblant. J'en suis de moins en moins capable.

Je lis *Chez soi*, de Mona Chollet, parce que ça me semble la chose à faire.

J'essaie de ne pas trop bouger, de prendre physiquement le moins de place possible dans mon appartement, faute de quoi j'ai l'impression que je serai découverte, que la mauvaise nouvelle me trouvera, que je ne pourrai pas échapper à la réalité.

Calée dans mon sofa, la main sur ma minette Lolita, je suis à l'abri dans le sommeil. Et je m'y réfugie beaucoup, terrassée par une hypersomnie.

Quand Mona Chollet parle de l'endroit où nous vivons comme un lieu où imaginer notre dernier repos, je me souviens que les cendres de Maman reposent au columbarium dans une niche vitrée où il y a de la place pour trois. Elle, Sophie et moi ?

Je suis résignée à accepter que je ne sois pas la fille de mon père.

C'est plus facile d'anticiper le pire scénario, d'être fataliste. J'ai l'impression d'absorber le plus gros de l'impact tout de suite, comme ça j'aurai moins mal plus tard.

Ça aurait du sens de ne pas être sa fille. Ça expliquerait déjà pourquoi j'ai toujours ce sentiment d'être *à l'extérieur*. Pourquoi je préfère la solitude. Pourquoi je n'ai conservé aucune amitié de l'école primaire, secondaire, de l'université.

Je ne fais que passer, je suis un coup de vent. Toujours un peu en dehors.

Pourquoi, après chaque rassemblement de famille, peu importe quelle famille, je suis lessivée ?

Parce qu'au fond, peut-être, *je sais.*

Dépersonnalisée.

Je me dématérialise dans la moiteur d'août.

C'est comme un remaniement existentiel.

Je regarde des photos de mon père, je fouille chaque pli de son visage, l'espace entre ses dents. Ses sourcils qui sont aussi les miens.

Tout ça est donc pure fabrication ?

Il existe une photo de moi en noir et blanc dans le bain. J'ai 2 ans.

Il y a une photo couleur d'un bébé qui me ressemble, debout dans son bain. Elle a été prise quinze ans plus tard. C'est ma nièce, mais on dirait moi à une autre époque.

On a inventé un air de famille ? C'est une coïncidence ?

Ça ne change rien.

Si je ne suis pas sa fille, qu'est-ce que je perds ?

L'équilibre.

La seule connexion réelle.

Mon père. Mon lien le plus direct. Le plus précieux.

Il y a longtemps, Maman m'a refilé le jonc de mariage qu'elle portait depuis des lustres. C'était en fait le jonc de mon père, qui avait été rétréci pour lui faire à elle. Je me suis passé cette bague au doigt, elle ne me quitte plus depuis. Un talisman. C'est soit un magnifique geste de transmission, soit c'est le summum du complexe d'Œdipe.

J'ai aussi conservé trois de ses cols roulés. Je les portais à l'université, mais ils vivent désormais suspendus dans ma garde-robe comme dans un espace muséal.

Comme l'écrit Mona Chollet : « Plus un objet vous accompagne longtemps et plus il vous donne le sentiment de participer de votre identité, de la soutenir ; plus il vous donne le sentiment que votre environnement est vraiment *vôtre*[7]. »

Sans aucun doute, mon père fait partie de moi, mais je suis surprise, voire inquiète, de constater à quel point mon identité est ancrée dans la sienne. Qu'est-ce qui vient de moi ? Qu'est-ce qui est juste à moi, conçu par moi ?

---

7. Mona Chollet, *Chez soi : Une odyssée de l'espace domestique*, La Découverte, 2015, p. 32.

Le visage de mon père qui s'allume dans mes nuits sombres. Un phare dans la nuit, comme dit la chanson.

Maman s'est battue pour que je fasse le voyage.

A insisté pour m'adopter, croyant que j'étais la fille de son mari.

Ça me prendrait Maman, justement.

Pour confirmer que j'ai toujours ma place, que l'histoire est inchangée.

Qu'elle m'aime quand même. Inconditionnellement. Mais justement, la condition c'était que j'étais la fille de son mari.

Je ne veux plus y penser.

Au huitième jour, je suis figée. Je me terre chez moi, j'ai l'estomac noué.

Le téléphone sonne ! J'attendais pourtant un courriel.

C'est le laboratoire. « Nous avons fait une erreur, il faut refaire le test. »

Ce n'est pas possible. C'est insupportable.

Quand il était question de moi, de mes origines, Maman n'employait pas le ton du secret. Elle bravait les regards curieux, parfois maladroits. « Oui, c'est ma fille. »

C'était simple.

Je ne crois pas qu'elle parlait ouvertement de son cocuage, mais elle ne faisait pas croire qu'elle avait accouché de moi. Contrairement à moi, elle ne prétendait rien, elle me laissait raconter mon histoire, ma petite entreprise, sans broncher.

Était-elle complice pour autant ?

Ça devait lui faire une fleur, un petit velours, de constater que je voulais lui appartenir à ce point. Ou peut-être que c'est l'inverse. Elle s'inquiétait de me voir sombrer dans mes lubies, élaborer une histoire tout à fait crédible et digeste, mais elle refoulait son réflexe de me rappeler à l'ordre, même quand elle me voyait mentir. Mentir sans aucune difficulté apparente. J'ai été une excellente menteuse.

Je ne sais pas, on n'en a jamais parlé ensemble. Elle ne m'a jamais ouvertement demandé : « Qu'est-ce que tu racontes ? Pourquoi tu fais ça ? »

La pudeur, encore. On respectait notre jardin secret respectif.

Le secret venait de moi, personne ne m'a interdit quoi que ce soit. On pouvait en parler, mais je ne voyais pas l'intérêt.

Si notre famille se réunissait, si oncles, tantes, cousines, garde rapprochée se rassemblaient pour une fête, il me semble que tout le monde savait, mais personne n'en parlait ouvertement. C'était du passé, à quoi bon le ressasser ? Et puis quoi dire ?

« Au fait, a-t-on des nouvelles de sa mère ? »

Personne n'osait un commentaire déplacé, aucune blague.

Impensable, Maman n'aurait jamais toléré ça.

Quand j'attends le sommeil, je m'entends chu-
choter « Maman ».

Ma mémoire ne collabore pas.

Pourtant, pour bien mentir, pour ne pas se faire prendre, il faut exceller dans la mémoire. Se souvenir de qui sait quoi, ce qu'on a dit à l'un, mais pas à l'autre.

Ça, je savais faire et pendant un temps, j'ai été très forte.

Mais je ne me souviens pas de ce qui m'a été dit, raconté.

En fait, je ne retiens pas ce que ma sœur m'a dit, raconté.

C'est une forme d'éditorial inconscient, je suppose. Je suis toujours surprise, comme si j'entendais parler pour la première fois. Maintenant, on est capable d'en rire.

Souvent, quand j'arrive avec une trouvaille, une épiphanie, Sophie est déjà passée par là. Elle me l'a déjà conté. Est-ce que j'ai *choisi* d'oublier? Parce que je veux avoir l'impression d'être une pionnière, une défricheuse? Je veux le prestige de la découverte? Je cherche l'attention? Je ne sais pas. Je crois que c'est une manière de me réapproprier l'histoire, notre histoire, de reprendre une part de notre cellule familiale, d'apporter quelque chose de concret.

Ces jours-ci, l'autrice-compositrice-interprète Buffy Sainte-Marie est au cœur d'un scandale identitaire.

Une grande enquête de la CBC révèle qu'elle aurait menti sur ses origines cries. Les communautés autochtones sont ébranlées par ces allégations, trahies, allégations que la principale intéressée réfute, les jugeant «blessantes».

Ma poitrine se serre, je me sens cernée.

On dit «c'est un vol de nos opportunités, de ressources, de nos histoires».

L'histoire qu'elle racontait publiquement était changeante, ponctuée d'incohérences. Quelle version de sa vie est exacte? C'est une impostrice, dit-on, elle aurait bénéficié de subventions réservées aux personnes autochtones.

Sophie me rappelle que je n'avais pas envie de raconter ma vie intime et en même temps renier mon appartenance. Je suis allée avec la version la plus simple. Pourquoi me sentais-je obligée de divulguer toute notre histoire?

À cause de ça, je suis tiraillée entre deux mondes.

On m'a fait comprendre quelques fois que je ne suis pas assez foncée, assez pure, pour joindre ma voix à celles des gens qui me ressemblent.

Que puisque je n'ai pas grandi parmi les miens, forcément j'ignore tout de leur réalité. Ce n'est jamais assez, mais j'aimerais bien correspondre à leurs exigences.

Être admise dans ce clan-là.

Sauf que je suis une privilégiée, une bourgeoise.

J'ai été élevée dans un monde blanc, parfois sans trop me poser de questions parce que je voulais m'intégrer, je n'avais pas envie d'être l'Autre. Je ne suis pas blanche pour autant et ça aussi on me l'a fait remarquer plus souvent qu'à mon tour.

Mon métier public accentue ce sentiment d'avoir le cul entre deux chaises.

À mon micro, le chanteur Corneille, d'origine rwandaise, met le doigt dessus. «Quand t'es dans la lumière et susceptible de représenter une communauté ou des minorités, tout d'un coup ton boulot se politise, tu sors malgré toi du domaine de ton métier, tu deviens le représentant, l'ambassadeur de quelque chose, ce qui peut complexifier ton rapport avec ta propre communauté.»

Je comprends parfaitement ce dont il parle. Lorsque la Fondation Dynastie m'a remis un prix hommage (qu'il a lui aussi reçu), je suis tombée dans les pommes. Sentiment d'imposture devant ce parterre de gens de la même couleur de peau que la mienne, exacerbé par la non-divulgation de ma vraie histoire. J'ai fait un choc vagal au beau milieu de mon discours, au moment où je parlais de mon père. Mon inconscient n'en pouvait plus, il m'a mise hors tension. Comme un robot qui s'éteint devant une tâche trop exigeante.

Je n'ai rien usurpé. Je suis née au sein d'une famille métissée, au sens propre. C'est la réalité de ma famille. J'y suis allée avec la version la plus simple pour tout le monde. La plus digeste pour vous, la moins douloureuse pour moi.

«Au moins, il fait beau», que je me dirai plus tard. Le soleil chauffe mon salon.

C'est un 31 octobre que je l'ai appris. On dit que cette journée marque l'ouverture entre le monde des morts et celui des vivants, que le rapprochement est perceptible. Qu'est-ce que mes morts pensent de tout ça?

Le courriel que j'attendais. J'ai découvert les résultats calmement, en respirant lentement.

0% d'ADN.

Zé-ro.

Ma sœur est scientifiquement une étrangère. Je ne partage aucun ADN avec elle.

Mon père n'est pas le mien.

Ma première pensée : je m'y attendais. (C'est bien la première fois de ma vie que mon pessimisme me sert.)

La deuxième, une colère diffuse contre ma génitrice.

I know what you did.

La troisième : un chagrin immense pour Maman.

La texture de l'air ambiant a changé.

Je palpe instinctivement ma cage thoracique.

Le creux sous mon diaphragme semble plus creux.

Comme un tunnel qui ne mène à rien.

Je ne suis attachée à rien, à personne. Il n'y a plus de sangle.

Chute dans le vide. Le lien est fantôme.

Dans les faits, la seule chose que ce test prouve, c'est que je ne suis pas la sœur de Sophie. Il est toutefois peu probable que ce soit Maman qui ait erré, qui ait trompé.

Il faudrait exhumer les cendres de Papa pour confirmer.

Mais tout porte à croire qu'un autre homme est mon père.

Un autre étranger qui ne m'intéresse pas, qui n'aura pas son chapitre.

J'ai eu deux mois pour encaisser cette idée complètement abracadabrante. Je suis fonctionnelle.

Bien sûr, c'est une perte que je ne peux pas encore mesurer. Mon père, c'est le socle sur lequel je me suis construite. Mon père et tout ce qu'il symbolise sont une source importante de sens.

Ma sœur, la seule survivante, n'est pas ma sœur. Double deuil.

Je me répète qu'il m'est impossible, là maintenant, de mesurer la portée de cette information.

Je n'aurais pas dû fouiller, je n'aurais pas dû chercher à savoir.

Je repense à tout ce que ma famille a entrepris,
réalisé, affronté, vaincu au nom de cette légitimité.

Ma dette envers Maman vient de tripler. Trompée deux fois.

Assez rapidement, mais machinalement, comme dans un songe, j'appelle Sophie. Elle n'a pas vérifié ses courriels, mais je lui annonce les résultats. Elle soupire. Une longue exhalation.

Elle s'y attendait aussi.

Je téléphone à mon amoureux, il est sur un autre continent, mais il attend impatiemment les résultats.

Pendant quelques secondes, il exprime une incrédulité d'usage. De désespoir en fait. Puis, il craque. Je l'entends fondre en larmes. «Je suis tellement désolé que tu vives ça. J'aimerais pouvoir prendre cette douleur pour toi.»

Elle est toute à moi, cette peine.

Le soir, je vais au théâtre comme prévu. Ma façade, intacte, est ma meilleure alliée.

Les parents donnent à leurs enfants leur nom de famille en guise de reconnaissance légitime de filiation ou d'adoption.

L'autrice française Constance Debré a tout plaqué pour vivre avec authenticité : mari, enfant, statut social. Cette ancienne avocate hétérosexuelle, petite-fille de ministre, est aujourd'hui autrice queer paumée.

J'avais beaucoup aimé son récit *Love Me Tender*, parce que c'était une voix discordante, confrontante, qui remettait en question sa maternité. Dans *Nom*, elle va plus loin. À la mort de son père, elle rejette tout ce qui lui reste.

« Ça se refuse un héritage, je ne parle pas d'argent, ça fait longtemps qu'il n'y en a plus, je parle de la croyance, de la fidélité. Il faut en finir avec l'origine, je ne garde pas les cadavres[8].»

Cette femme ne veut rien transmettre, c'est sa philosophie. Elle est contre l'enfance, contre le patrimoine, entre autres.

«Dans une société enfin moderne les noms de famille disparaîtraient. Les noms et les héritages[9].»

Sa pensée est radicale, mais me fait réfléchir.

Peut-être que je suis trop attachée au nom de mon père, à son statut, à sa légende.

Mais je suis mal à l'aise de porter son nom. Soudainement, je ne sens pas que j'y ai droit, que j'ai accès à ce privilège. Je ne suis pas la fille d'un père prestigieux. Il ne me sied plus.

Je regarde l'anneau doré qui orne mon majeur gauche. Est-ce que j'ai encore la permission de le porter?

Je ressors les cols roulés. J'effleure le «Pierre Cardin» brodé sur la poitrine, côté cœur.

J'imagine Papa se préparer à une chirurgie, enfilant sa blouse stérile, avant de faire son entrée dans le bloc opératoire.

Je les essaie un à un, dans une espèce de cérémonie un peu débile, pour me rapprocher de lui, pour avoir l'impression d'un contact tactile, même si je ne me suis jamais sentie aussi loin.

---

8. Constance Debré, *Nom*, Flammarion, 2022, p. 15.
9. *Ibid.*, p. 99.

Je réfléchis à cette démarche que j'ai entreprise. Une image me vient en tête : l'assemblage d'un casse-tête, avec tout ce que ça implique en termes de rigueur et de concentration.

Un casse-tête pour adultes, avec un niveau de difficulté élevé.

En fait, je ne cherchais pas le morceau manquant. J'avais carrément le mauvais puzzle.

Un texto reçu de mon neveu qui fait gonfler mon cœur.

« Peu importe ce que la science dit, tu feras toujours partie de notre famille. »

Ça ne change rien à l'amour.

Ça ne change rien, me répète-t-on, mais ça me change *moi*.

Je ne peux plus rester la même, il y aura un avant et un après.

Je ne peux pas désapprendre ou oublier cette information.

Qui serais-je si j'avais découvert ça à l'aube de ma vingtaine?

J'aurais préféré être la fille de mon père.

Ce mensonge-là, j'aurais préféré le garder vivant.

À part m'isoler chez moi, à part subir, qu'est-ce que je peux faire ?

Contacter mes frères et sœurs, les mettre au courant que je sais, que ce qu'ils ont tu est libéré.

Il n'en reste pas moins qu'ils l'ignorent peut-être. Qu'ils ont peut-être été dupés, eux aussi.

J'envisage que ma mère biologique ne sait peut-être pas. Que le lui dire, c'est la plonger violemment dans la confusion, la honte, les souvenirs douloureux.

Je n'en sais rien, je ne saurai jamais la vérité, mais je peux la chercher quand même.

« *There's a lot of things you don't know.* » Je n'ai jamais oublié cette phrase, elle a toujours été là, tapie dans une zone de ma mémoire, comme une cellule malveillante qui menaçait de se réactiver au moment opportun.

Je repasse chaque échange entre eux et moi, des courriels, des messages directs parsemés sur une période de onze ans, pour m'assurer que je n'aurais pas laissé passer quelque chose d'énigmatique, une information, un indice.

Je réapprends le nombre exact d'enfants qu'a eus ma génitrice, l'ordre chronologique de nos naissances, que l'aîné est décédé subitement, combien de pères sont impliqués, qu'il y aurait un capitaine d'armée converti en pasteur, que j'ai des neveux et nièces, que certains ont déménagé aux États-Unis.

Ce sont leurs souvenirs, leurs interprétations des événements, leurs sentiments.

Dans leur version, mes parents sont amoureux. C'est une histoire d'amour, d'abord et avant tout. Ça leur appartient.

Je redécouvre des photos qu'on m'a envoyées : trois de mes six neveux et nièces en Éthiopie, le jour de Noël, vêtus d'un costume traditionnel ; ma mère dans son uniforme d'infirmière, une capture d'écran de ma mère et de ma plus jeune sœur, collées l'une contre l'autre et souriantes. Je cherche la ressemblance, je n'y vois rien. Mon frère me ressemble beaucoup, par contre. Quand j'étais petite, je voulais un grand frère.

Je serre les dents.

Aucune photo d'elle et moi. C'est difficile de croire qu'on a existé ensemble.

Sophie est étonnée que je lui parle d'un frère, de l'aîné de cette famille. Il y a quelque chose qui ne correspond pas à ses souvenirs. Lorsqu'elle accompagnait Papa pour venir me cueillir chez ma mère biologique (c'est fou tout ce qu'on lui a fait vivre à un si jeune âge), il n'y avait qu'une fillette présente et surtout aucune mention d'un autre enfant. Elle est catégorique là-dessus. Pourquoi on ne nous a pas parlé de lui, alors ? Il était bien vivant à cette époque, il était où ?

Alors cette femme m'a légué l'art de mentir ? C'est facile de sauter aux conclusions, d'être dure avec elle.

Traquer ces gens sur Facebook, c'est comme une espèce de filature numérique. Je ne trouve rien, pas une miette d'indice qui pourrait me confirmer qu'elle m'a fait passer pour la fille d'Adunya afin de me garantir une vie meilleure.

« Chacun d'entre nous a un roman familial, et chaque famille a des histoires qu'on raconte, qu'on répète, qu'on redit, une histoire mythique, une saga – et des secrets[10]. »

Tannée des secrets.

Alors je dois les confronter, c'est encore une chose à faire pour laquelle je ne suis nullement outillée, à laquelle la vie ne prépare pas vraiment.

Je rédige un courriel-qui-crève-l'abcès. (Crever des abcès, ça, je sais faire. J'aime encore mieux ça que de laisser une situation s'envenimer, pourrir, devenir irrécupérable.)

Objet du courriel : « *Some news* ». C'est une formule euphémisante.

---

10. Anne Ancelin Schützenberger, *Aïe, mes aïeux !*, Desclée de Brouwer, 2015, p. 97.

Je joins les résultats du test génétique comme pièce à conviction. Même si mes sœurs biologiques ne lisent pas le français, le zéro est assez probant.

Je fais référence au tout premier courriel que l'aînée m'a envoyé, à cette phrase équivoque, pour rafraîchir (provoquer!) sa mémoire.

« *Is there anything you would like me to know now ?* »

Je ne sais pas comment elles vont interpréter mon ton, qui ne se veut ni irrévérencieux ni frondeur. J'ajoute un peu de douceur, enfin le degré de douceur que je suis capable d'exprimer à ce moment-ci, que je suis désolée de les saouler avec ça, « mais est-ce que votre mère (je n'écris pas « votre » ni « notre », j'écris son prénom) le sait ? Parce que ça la concerne elle aussi ».

J'attends, sachant très bien que la réponse ne viendra jamais.

Rien au monde n'oblige ces gens à me rendre des comptes, à me répondre. Je ne le mérite pas vraiment, se disent-ils probablement.

C'est peut-être ça, le karma.

J'explore les scénarios probables, ce qui revient à dire que je fais un procès d'intentions.

Soit cette femme croyait que mon père était mon père et lui a demandé de prendre ses responsabilités, donc de subvenir à mes besoins.

Soit elle savait que mon père ne l'avait pas engrossée, mais il représentait une plus belle option que mon géniteur et comme la vie était difficile, pourquoi ne pas profiter de la confusion pour lui en passer une ?

Soit elle n'avait aucune idée, parce qu'elle avait à ce moment plus de deux partenaires sexuels, et donc la meilleure option restait de me faire passer pour la fille du chirurgien.

Je sais, oui je sais.

Qu'elle m'a fait un cadeau.

Que cet abandon, c'était pour me donner une chance, me sauver la vie.

Je sais.

Mais ça n'apaise RIEN en ce moment.

Je suis confinée au chagrin, au traumatisme.

Parce que je connais les gens trompés, bernés.

J'essaie de me mettre à sa place, je me targue d'avoir beaucoup d'empathie, d'avoir cette capacité à m'extraire de moi-même pour essayer, dans la mesure du possible, d'imaginer ce que l'autre vit, ressent.

Je m'y hasarde, pour changer mon état d'esprit, pour comprendre.

Cette femme, que j'ai beaucoup de difficulté à appeler ma mère (Amandine Gay utilise l'expression «mère de naissance»), est devenue mère une première fois à peine sortie de l'adolescence, donc on peut se dire fort probablement mère contre son gré. Avait-elle accès à la contraception, à l'avortement?

Soumise aux injonctions de sa culture, de son époque. Est-ce qu'on peut dire encombrée par des enfants pas toujours désirés, mais présents? Ça ne change rien à l'amour qu'elle a pour eux. C'est sa condition de femme. C'est obligatoire. Elle n'a pas eu ce choix, comme moi.

Cette femme, séparée d'une enfant dans ces circonstances nébuleuses, continue d'enfanter. Parce que c'est ce que les femmes font, ou doivent faire. Ou parce qu'elle aime la sexualité ? Ces choses-là ne se disent pas.

Peut-être pour pallier mon absence. Oui, c'est m'accorder beaucoup d'importance, mais je laisse mon cerveau imaginer des scénarios possibles parce que le plus impensable et le plus impossible m'est tombé dessus.

Depuis plus de dix ans, cette femme sait que ses filles m'ont trouvée.

Elle sait que j'existe, que je suis en bonne santé.

À toutes fins utiles, elle sait que je suis au bout du fil.

Pourtant, elle ne fait rien, ne pose aucun geste, n'enclenche aucun processus, n'amorce aucun plan pour me contacter, me rassurer, me raconter, m'expliquer, me réprimander.

Mais toutes ces histoires de mères qui ne se remettent jamais d'avoir renoncé à un enfant ? Qui composent avec une blessure béante tout au long de leur existence ?

Je parle sans savoir.

Je ne sais pas grand-chose de son passé, encore moins de son présent.

Elle reste dans son coin. Il ne lui manque rien. Ça me va.

Je fais pareil. Je dois bien être sa fille, alors.

Je vous rappelle qu'elle s'est présentée aux funérailles de mon père : ça prend un sacré culot quand même, alors que ma mère, ma sœur et moi étions dans l'impossibilité de nous y rendre, puisqu'au Canada. De ce que j'en comprends, tout le monde savait qui elle était. Cherchait-elle des renseignements pour me localiser? Se faisait-elle passer pour sa veuve?

C'est peut-être une mère extraordinaire, douce et aimante, à en juger par l'attitude de ses enfants à mon égard, qui souhaitent la protéger.

Mais… Est-ce que ça s'oublie, un accouchement?

Si elle m'a cherchée longtemps, si ses autres enfants étaient au courant de mon existence, comment a-t-elle pu m'abandonner si vite une deuxième fois? Qu'est-ce qu'on lui a raconté? Qu'est-ce que ses filles ont omis de lui dire, pour la protéger?

Il y a peut-être des demi-vérités de leur côté aussi. Tout le monde ment.

Malgré mon manque d'intérêt, j'arrive à avoir de l'empathie pour elle.

Dès le départ, elle a été dans une position désavantageuse.

J'étais du bon côté.

On évalue que des centaines de milliers de personnes sont mortes aux mains de la milice Derg, durant la Terreur rouge. « *This was not a time for children. But children are a gift no matter when they arrive*[11]. »

---

11. Dimitri Nasrallah, *Hotline*, Véhicule Press, 2022, p. 35. (Aussi paru en français chez La Peuplade, en 2023.)

C'est mon médecin de famille qui m'a suggéré de lire les ouvrages d'Anne Ancelin Schützenberger. Mon histoire est devenue l'affaire de quelques personnes de confiance et, malgré tout ce qui se passe, je reste la fille d'un médecin, je ne peux pas effacer toutes ces années d'identification en un claquement de doigts, donc je ferai toujours confiance à la médecine (en toute honnêteté, je ne sais pas si j'arriverai à passer à travers cette découverte sans soutien médicamenteux).

Schützenberger était psychothérapeute, elle a entre autres écrit *Psychogénéalogie* et *Aïe, mes aïeux!*, ce dernier s'étant écoulé à plus de 400 000 exemplaires dans le monde. C'est elle qui a inventé le génosociogramme, une espèce d'arbre généalogique bonifié des moments de vie importants, traumatiques ou heureux, qui permet supposément de comprendre sa vie. Ça consiste à remonter le fil des générations de sa famille, à décoder les maladies, les traumatismes, les dates importantes et l'impact (psychosomatique, psychologique, physique) sur les générations qui ont suivi, sur soi. Pour créer du sens et comprendre l'origine des maladies chroniques, des allergies, un cancer, un accident, des cauchemars récurrents.

Je vous avoue que je n'ai pas fait l'exercice, il manque trop de branches à mon arbre, mais ce qui m'intéresse, c'est l'impact des secrets sur nos vies, du non-dit, de l'inconnu.

« La psychogénéalogie est une démarche qui nous permet de comprendre et d'utiliser au mieux notre héritage psychique, ou, si besoin est de le transformer[12]. »

C'est une lecture que je dévore, pressée de théoriser ce qui m'arrive.

Sans surprise, tout part du début et même avant. « L'être humain s'explique beaucoup par le contexte de sa conception, mais aussi par le contexte de sa naissance[13]. »

Je ne sais absolument rien de ces événements. J'ai souvent dit à la blague que je ne connaissais personne qui était présent à ma naissance. Personne ne peut me raconter ça. Le pays allait mal, ça, je sais. Les gens craignaient pour leur sécurité. Mais est-ce que le travail a été long ? Me suis-je présentée par le siège ? Est-ce qu'elle a eu une césarienne ? Je ne sais pas si ma mère a

---

12. Ancelin Schützenberger, *op. cit.*, p. 11.
13. *Ibid.*, p. 19.

accouché de moi dans le secret ou bien si tout le corps médical était au courant des transgressions du Dr Makonnen. C'est d'ailleurs en lisant Schützenberger que je prends connaissance du terme « enfant adultérin », quoique là, je ne sais pas si je peux l'employer en parlant de moi, j'ignore si je suis une enfant née d'une relation extra-conjugale, comme je l'ai toujours pensé, comme j'ai appris à me définir. Tout un pan de ma mythologie personnelle qui fout le camp, toutes ces années dilapidées dans la culpabilité et la honte. Je suppose que bien des choses sont décidées ou déterminées à des moments charnières de nos vies, mais je refuse l'idée que tout se joue dans l'enfance. Après il faut s'en détacher, se situer. C'est ce que j'essaie de faire.

J'ai la chance d'être en bonne santé. J'ai une anémie ferriprive qui me joue parfois des tours. Suivant la logique de la Dre Schützenberger et de ces affections psychosomatiques, j'interroge Google pour m'aider à décoder l'anémie. Les sites spécialisés relaient les mêmes théories, notamment « ne pas trouver sa place dans sa famille, se demander si on mérite cette place ». Bon, il y a du vrai dans cet énoncé. Je cherche une confirmation que j'ai toujours ma place, que cette partie de l'histoire est inchangée. Mais je lis aussi ceci : « Une autre piste possible est à rechercher dans les questions de filiation. Y a-t-il un doute quant au véritable père biologique ou une absence de celui-ci ? »

Je reste scotchée devant mon ordinateur, perplexe. *Dans mon sang.* J'ai choisi le titre de ce récit il y a six mois en référence à ma position sur les liens génétiques, bien avant que je découvre que je n'en avais aucun avec mon père et ma sœur. Sans évidemment penser à ma carence en fer. Et là, je tombe sur cette phrase. C'est tout à fait cohérent. Est-ce que c'est ça, l'intuition ? Ou une manifestation concrète de mon inconscient ? Est-ce que je suis en train de complètement basculer dans le délire ?

Je retrouve la boîte aux lettres et donc les sentiments inexplorés qui viennent avec. C'est immanquable, c'est un territoire à redécouvrir, à remarcher chaque fois.

Le CV de Papa. Tiens, je n'ai jamais pensé à tendre une perche à l'hôpital dont il a été le directeur médical et le chirurgien en chef. Je le fais.

Ça m'émeut toujours autant d'avoir des preuves tangibles de son passage sur terre.

Une lettre de recommandation du Dr David R. Murphy, chirurgien en chef de l'Hôpital de Montréal pour enfants, dans laquelle il précise qu'Adunya « gère bien les urgences », qui salue sa confiance et son esprit de coopération.

Je tombe sur des brouillons de lettres de Maman écrites dans la foulée de la mort de Papa, elle cherche à recouvrer ses actifs, à retrouver ses biens, son argent, elle écrit qu'elle a même fait appel à Mengistu Haile Mariam, le tyran sanguinaire responsable d'avoir fait sombrer le pays dans le chaos, pour son assistance. Elle écrit «comrade», parce que l'Éthiopie était passée aux mains des communistes. (Est-ce qu'elle lui a vraiment écrit? Ça m'étonnerait. C'est une exagération, du théâtre pour faire effet.)

Il n'y avait pas de fortune à récupérer, Papa n'a pas laissé grand-chose. Un chirurgien pratiquant dans un pays en développement n'a rien à léguer. C'est ce que je répondais quand mes amies me demandaient: «Mais vous êtes riches, non? Vous avez hérité?»

Je reconnais son écriture soignée, sa calligraphie légèrement bouclée. Des pages traversées de grandes ratures, dans lesquelles elle hausse le ton, mais je sens dans chaque long trait noir sa nervosité, son agitation. Ce brouillon est destiné à une proche, à qui on avait confié la tâche de liquider nos possessions, puis de nous envoyer l'argent recueilli, et qui a choisi ce moment pour nous voler tout ce qu'on avait.

Un grand détroussage par une vipère – il n'y a pas d'autre mot. Je connais cette histoire, cet abus de confiance absolu, Maman en parlait avec indignation, elle a cru en l'intégrité et en l'honnêteté de ces gens, mais lire cette lettre, être témoin de sa colère, comprendre les mots choisis, me fait prendre toute la mesure de ce qu'on lui a fait et ça me rentre dedans. Je suis affligée par un grand sentiment d'impuissance.

« *To have chosen a tragedy for tragic times to feed your own ambitions has been beyond human understanding.* »

Sa chute, suintant la vengeance.

« *I might never enjoy that money but I vow nobody else will.* »

Un florilège de correspondance avec celles et ceux qui tentent de récupérer son argent, la pension de Papa, trois ans après sa mort. Un capharnaüm administratif. Une saga qui s'étend sur plusieurs années suivant le décès de mon père.

Des procurations, arriérés, remboursements, copies de chèques.

Une liste dactylographiée de tous les articles vendus et leur valeur en birrs, depuis la Datsun quatre portes aux vêtements de Sophie.

Un ami jésuite évoque ma grand-mère, la mère de Papa. Il faut lui remettre des sous.

Une poignée de gens a été mobilisée pour récupérer les fonds. Des gens dont je n'ai jamais entendu parler. J'ai été protégée de tout ça, parce que j'étais petite. Je comprends mieux l'anxiété de Maman, sa tension artérielle toujours trop élevée.

Je pense à Sophie, précipitée dans le monde adulte.

Un ajout à une lettre dactylographiée, écrit à la main.

« La preuve formelle qu'elle est folle c'est qu'elle t'offre de prendre la petite qui j'en suis sûr vaut pour toi plusieurs fois ce qu'elle te doit. »

La petite, c'est moi. Je suis un pion.

Dans une autre lettre non datée, dont un morceau a été arraché ou est tombé avec l'usure du temps, ce même ami livre un message. « N. insiste fortement pour que tu donnes ton adresse à A. Il dit que tu n'as pas encore adopté Rebecca, qu'il vaudrait mieux garder des relations amicales avec A.!?!»

Le choix de ponctuation cryptique.

Un avertissement de faire les choses dans l'ordre.

Je comprends mieux ce que Sophie voulait dire, mais je n'ai pas été volée.

Maman est partie en oubliant de donner son adresse. Dans un cas de force majeure. Animée du désir de bien faire, c'est-à-dire réunir ses enfants avec leur père. Elle n'a enfreint aucune loi. Je n'arrive pas à lui en vouloir.

Je retrouve la description du service funéraire.

Le ciel était gris, couvert. Il y avait des cierges allumés, les prêtres chantaient. Du musc, de l'encens. Des traditions vieilles de mille ans.

Les percussions annonçant qu'il avait été emmené dans une autre dimension.

Six porteurs de cercueil ont fait le tour de l'allée extérieure de St. Joseph Church trois fois.

Les pleureuses cognaient leur poitrine, un cercle de femmes.

Treize arrangements floraux.

Un discours, une prière pour le remercier d'avoir servi son peuple, les soldats, son pays.

On parle de la vocation de Papa.

« *His mother as hard as iron* », ma grand-mère dure comme le fer, inoxydable.

« *Now she has lost all four sons from her first husband.* » Elle enterrait le quatrième et dernier fils issu de son premier mariage.

Ma mère biologique se pointe.

On écrit à ma mère de ne pas se fâcher, qu'elle va probablement lui écrire. D'accepter sa lettre avec grâce. « *Tell her how much Rebka is loved and belongs to the family.* »

To belong. Appartenir. Être membre de.

Pourquoi a-t-elle gardé toutes ces lettres ? Pourquoi celles-ci n'ont pas été brûlées ?

Pour conserver des preuves, au besoin ?

J'ai appris d'elle : je conserve tous les mots sur papier, lettres, cartes reçus au long de ma vie. J'ai su que Sophie faisait pareil. Par mimétisme. Parce que c'est important.

Il y a des télégrammes !

Maman a eu la présence d'esprit de faire don des livres de médecine de Papa à la Faculté de médecine de l'Université d'Addis-Abeba. On lui assure que sa photo sera affichée au mur de la bibliothèque.

« *One of the very few senior and reputable members of the profession.* »

Le prestige, encore. Un homme remarquable.

Il y a des aérogrammes, dont celui annonçant la mort de notre grand-mère paternelle.

Je me souviens quand ma mère me l'a communiqué.

La lettre est datée de 1990, mais on écrit que son décès a eu lieu en 1981.

Mon pays natal qui vit au rythme de son calendrier, la mère décédée de mon père décédé. C'était tellement abstrait pour moi.

« *All my family asks is to be remembered* », et c'est signé « *G., on behalf of my family, sisters & brothers* ».

Un oncle, donc.

Ses deux parents s'étant remariés, Adunya avait beaucoup de demi-frères et sœurs.

(J'y pense, à propos de Sophie, je n'ai jamais dit ou même pensé que c'était «ma demi-sœur». Il n'est pas question de moitié. C'est quelque chose que je n'ai jamais compris, cette habitude de vouloir distinguer cette altérité-là précisément.)

À la maison, on vivait à l'occidentale. L'anglais était la zone commune.

Parfois les enfants du deuxième mariage de la mère de mon père venaient lui rendre visite. Ces enfants-là, ces frères et sœurs d'Adunya, étaient forcément moins éduqués que lui, véritable transclasse embourgeoisé par son statut de médecin. À la sueur de son front, mais aussi parce qu'il avait été choisi, il avait accédé à une vie qui était hors de leur portée. Leur grand frère était l'un des rares chirurgiens nés au pays, marié à une femme blanche de surcroît. L'incompatibilité était inévitable, les liens se sont peu à peu dissous. Les autres frères et sœurs, ceux nés du deuxième mariage du père d'Adunya, se sont apparemment présentés à son chevet alors qu'il était malade. Ça s'est mal passé avec Maman. Le fossé culturel était réel, on ne les a plus revus, ils n'ont pas non plus cherché à nous revoir.

Est-ce que nos parents partageaient les mêmes attentes ?

Est-ce qu'ils ont mis les mêmes efforts à se comprendre et à se respecter ?

Parce que c'est de ça qu'il s'agit, quand il est question d'un couple mixte : reconnaître et accepter l'autre dans sa différence.

Je me demande à quel point leur amour a été miné par ceux et celles qui ont exprimé leur désaccord. Dans notre cas, des deux côtés de la famille.

Parfois, l'amour est insuffisant. Même avec toutes les bonnes intentions du monde.

Je n'aime pas écrire ça, parce que je n'ai pas envie d'y croire, mais c'est vrai que l'amour n'est parfois pas assez.

Ils sont arrivés au bout des accommodements, même les plus déraisonnables, au bout de leurs limites.

Quand je croise un couple interracial, je lui souris, systématiquement et exagérément, afin de compenser pour le reste.

J'ai un peu l'impression d'avoir misé sur le mauvais parent.

Toute une vie passée à fantasmer, à rêver, à idéaliser mon père.

Je suis hantée par lui, mais c'est à ma mère que je dois mon éducation, mes valeurs, mon confort, mes habitudes, mes traditions.

En écrivant cela, je me rends bien compte que le projecteur était braqué sur la mauvaise personne. C'est elle qui devrait être dans la lumière depuis le début.

Dans quel foutoir ai-je atterri ?

La responsabilité d'apprendre tout ça en l'absence de nos parents me revient.

Je me suis tendu un piège, j'y suis prise par ma propre faute.

J'ai trop attendu pour poser des questions, pour m'intéresser à notre histoire.

Nous sommes laissées à nous-mêmes.

J'imagine Papa se buter dans le silence pour contenir une rage aux proportions bibliques.

J'imagine Maman en larmes.

En fait, non, je n'ai pas assez d'imagination pour créer cette scène, sauf pour l'amertume.

L'amertume de réaliser que nous avons été pris en otage.

De réaliser que mon avènement dans cette famille est fondé sur une déclaration mensongère.

On nous a induits en erreur. On nous a caché la vérité. On a privé mes parents d'un choix éclairé.

Trois semaines se sont écoulées depuis que j'ai envoyé les résultats de nos tests ADN à mes sœurs. Pas d'accusé de réception. Le silence le plus total. On fait comme si je n'existais pas.

L'ironie est percutante, il faut avouer. Ce sont les mêmes qui, justement, ont prétendu m'avoir cherchée pendant des décennies, qui m'ont raconté avoir imploré les cieux de les guider vers ma cachette, qui se sont réjouies de me découvrir ici et vivante !

Cette joie a disparu. Il aurait fallu que j'embrasse tout entière cette nouvelle famille, que je me précipite à leurs côtés pour mériter une réponse aujourd'hui.

Je comprends.

Je ne baisse pas les bras. Je fouille dans mon Messenger. L'an dernier, j'avais écrit à ma plus jeune sœur, celle qui ne semble pas avoir voix au chapitre, pour lui demander le numéro de cellulaire de son frère. Elle m'avait répondu rapidement, mais de manière très succincte. Ledit numéro et pas un mot de plus. Était-ce une transgression que de communiquer directement avec moi ?

Je ne comprends pas la teneur de nos communications, je ne comprends pas à quel jeu on joue.

Je veux que toute la fratrie soit au courant, j'attaque sur tous les fronts pour éviter qu'on me réponde que le message ne s'est jamais rendu. Ça me semble plus ou moins faillible, mais je n'ai rien à perdre.

Alors, de manière un peu flottante, incrédule devant l'absurdité de la situation, je texte mon frère après des années d'absence pour lui demander son adresse courriel. Un texto dans lequel je me présente comme «ta sœur de Montréal». Il me répond dans la minute. Ça augure bien pour la suite.

Il me fait le même coup en réponse à mon courriel. Silence radio.

Je le relance quelques jours plus tard.

Et là, d'un coup, je sais que c'est terminé.

Je reçois le message le plus violent que j'ai jamais eu.

Une colère tout à fait justifiée, mais tout est dans la manière de la communiquer.

Il m'accuse d'être égoïste, une enfant gâtée, ce qui n'est pas faux.

Il insinue que c'est Sophie qui n'est pas la fille de Papa, donc que c'est Maman qui a été infidèle. Ne surtout pas incriminer sa mère.

Il promet de protéger sa mère de moi, avec toutes les ressources à sa disposition.

Il me menace de rendre ma vie «encore plus misérable qu'elle ne l'est déjà».

Il souhaite que je meure seule.

Et finalement, il regrette que notre mère n'ait pas avorté de moi.

C'est cette phrase qui cogne le plus. Personne n'a jamais souhaité mon avortement.

Je ne vois pas dans quel autre contexte ça pourrait être nommé de cette manière, mais je suis sonnée.

C'est une violence qui m'est inaccessible, que je ne pourrais pas planifier, qui ne me viendrait pas spontanément non plus.

Ce n'est pas moi, ce ne le sera jamais. J'en suis certaine.

Il envoie une dernière phrase, sans équivoque, pour s'assurer que je comprenne bien.

«On te fait du mal comme tu nous fais mal.»

Œil pour œil, dent pour dent.

Sa bondieuserie d'avant a disparu. C'est du venin brut.

J'ai l'impression que ça doit ressembler à ça, une petite commotion cérébrale.

J'appelle ma sœur. Elle répond du premier coup. Elle est dans une librairie, elle se terre dans un coin pour me parler. Je lui déballe tout ce que je viens de lire, sans le relire. Je ne relirai jamais ce texto, je me fais cette promesse, mais je le conserve parce qu'il contient une menace explicite.

Elle est navrée pour moi, à la fois surprise de l'ampleur de la rage de ce jeune homme, du choix des mots, et pas vraiment.

Je suis estomaquée, fulminante. Je crie dans le téléphone : «Je refuse d'être liée par le sang à cette personne, à ces gens.»

De retour à la case départ.

On a partagé un utérus. Et alors ?

Je comprends les alliances familiales, pourquoi les membres se tiennent.

Je m'explique un peu mieux pourquoi cette femme ne m'intéressait pas, pourquoi ma famille biologique ne m'intéressait pas. Pourquoi je n'avais pas cet élan d'aller vers eux, il n'y avait aucune curiosité à étancher.

Dans mon sang, je sais depuis longtemps que ça n'a aucune importance.

Cette croyance – c'est plus qu'une croyance, c'est un précepte – que j'ai élaborée pour Maman, par amour pour Maman, s'applique à toutes les/ mes situations. L'objet change, mais la croyance demeure vraie.

Mon père n'est pas mon père. Les liens sanguins ne valent rien.

Ma sœur n'est pas ma sœur. Les liens sanguins ne valent rien.

Ma mère biologique, mes frères et sœurs sont des étrangers sur tous les plans – idéologique, social, affectif, culturel : les liens sanguins ne valent rien.

J'entends la voix de Geoffroy de Lagasnerie.

Zéro.

Zéro, zéro, zéro.

Je me souviens de mon sentiment de légèreté. Je flottais.

Je ne pleure pas, alors que je devrais me répandre comme un liquide. Déborder.

C'est la colère qui se dépose en moi, ça me fait l'effet d'une fine poussière radioactive.

Je ne veux plus qu'on impose le format familial comme modèle universel.

Je n'avais plus de gêne à dire que je ne voulais pas d'enfant, que je n'en avais jamais désiré, mais dans les semaines qui suivent j'y prends goût, c'est presque pervers, je ricane au fond de moi quand je vois la réaction des gens étonnés de mon aplomb, de mon culot, quand j'ajoute que je n'ai jamais été intéressée par la grossesse, ni par l'idée de donner la vie, ni par l'idée d'accompagner un enfant. Même que ça m'exaspère.

Pourquoi les gens font des enfants ? C'est ça qu'on devrait demander.

Je traverse de l'autre côté du miroir.

Je suis perdue.

J'ai lu sur le *birthmother syndrome*, soit les symptômes ressentis par une mère qui donne son enfant en adoption. Ce qui arrive lorsqu'elle continue d'avoir des enfants par la suite. Mon frère a peut-être trop entendu parler de moi, peut-être qu'il n'en pouvait plus, que je prenais trop de place, que ça lui a pourri l'enfance. J'ai été ce fantôme qui a hanté sa vie.

Il m'en veut doublement d'être ingrate.

Et si j'avais pu parler directement à ma mère biologique pour lui dire ce que je lui avais écrit, ce que ses filles ont intercepté et bloqué ? Est-ce qu'elle aurait été capable de comprendre la situation délicate dans laquelle on se trouvait ?

Je reviens au documentaire de Sarah Polley, puis au récit de Dani Shapiro. Deux femmes qui ont appris à l'âge adulte que leur père biologique n'était pas celui qu'elles pensaient. Deux récits qui m'ont touchée, quand j'y repense, de manière franchement exagérée. J'étais absolument ébaubie d'admiration devant la force de ces femmes face à la surprise, la découverte du père inconnu. Le ressort dramatique. L'erreur sur la personne. Elles se sont relevées, malgré la surprise. Malgré le déséquilibre. Mon Dieu que j'étais touchée. Mais pourquoi, au juste ? Pourquoi tant que ça ? Ma réaction était-elle celle d'une personne qui avait *deviné et reconnu son histoire* ? Est-ce que c'est possible ? Que des fils se touchent dans mon inconscient, qui trouvent écho aux expériences similaires, sans savoir qu'elles l'étaient, avant que j'entreprenne mes propres recherches ? Je me répète, mais j'aimerais savoir à quel point il est possible, scientifiquement possible, que mon corps ait déjà su ce que ma tête découvrirait plus tard. Avant que les circonstances de la vie me conduisent sur le chemin de la vérité.

À la dernière pleine lune de l'année, je lis dans un article astrologique (parce que je suis en quête de sens) qu'avant de trouver sa maison, il faut trouver *the home within*. Sa demeure intérieure.

Je lis aussi que la vérité est le plus grand instrument de transformation.

Tout ça me parle, même si je ne sais pas comment le mettre en application.

Un mois après avoir reçu les résultats, l'archiviste de McGill m'envoie le bulletin de mon père que j'avais demandé à la fin de l'été.

Comme chaque fois que je reçois ce genre de courriel, je découvre son contenu avec une joie non dissimulée : c'est une attestation concrète de son existence. Il est le seul père que j'ai connu.

Je scanne rapidement le document, mes yeux captent d'abord trois dates, puis je fais défiler tout en bas, où je trouve des informations sur ses parents.

Occupation du père : fermier.

Religion : orthodoxe.

Dans la section des gens à contacter : sa mère et un nom que je ne connais pas, celui du Educational Attaché, Imperial Ethiopian Embassy, Washington.

Anatomie, biochimie, chirurgie, obstétrique et gynécologie.

Je zieute ses notes.

Ça ne reflète pas la réalité, c'est-à-dire qu'il est devenu un excellent médecin.

C'est drôle, j'ai supposé que son parcours scolaire avait été facile.

J'écris « c'est drôle », mais dans les faits, c'est décevant de ma part.

J'ai écrit dans ces pages son enfance, la guerre, sa migration forcée, son transfert aux États-Unis, puis au Canada.

Je sais qu'il y a eu des sacrifices, du racisme, de la souffrance, mais ça me prend immanquablement ma grande sœur pour recontextualiser l'époque.

Toute l'Afrique (sauf l'Éthiopie, ce pays d'irréductibles) était encore colonisée.

C'est ce qu'on voyait d'abord : un homme noir. Il était précédé par la couleur de sa peau.

Adunya Makonnen, gars de la campagne, la jeune vingtaine, travaillant sans relâche pour devenir docteur dans des institutions scolaires chargées de l'évaluer avant même de le protéger.

Il traînait ses fantômes à lui, vestiges des horreurs qu'il avait vues, passées sous silence, des choses que je ne peux pas imaginer.

Évidemment que ses études ont été difficiles. Le contraire aurait été étonnant.

La réalité, c'est qu'il est devenu un excellent médecin.

Pas un médecin de brousse, pas un médecin de république de bananes, pas «un bon médecin selon les standards du tiers-monde».

Un excellent médecin, envers et contre tous.

Papa le génie, c'est un de mes mythes fondateurs.

Je l'ai déifié. Et je me rends compte que je m'ennuie de quelqu'un qui n'a jamais existé.

Qui m'a vendu ce mensonge ?

Moi. C'est tout moi.

(Et peut-être un peu Maman.)

C'est comme si mon père était cette statue installée sur son socle et que, en ne me mêlant absolument pas de mes affaires, en creusant dans son passé, j'avais déboulonné cette statue. En tout cas, je l'ai repositionnée. Il paraît que c'est bien de faire tomber les gens de leur piédestal, c'est ce que me dit Dre D.

Pendant que j'écris ce récit, que mes certitudes sont chamboulées, que je ressasse le passé, je perpétue le secret. Je demande aux quelques personnes autour de moi qui savent de ne rien dire. Je fais semblant que je vais bien, comme si de rien n'était. C'est une duperie moins grave, je crois, que toutes les autres. C'est mon mode par défaut. Je ne pourrais pas le désactiver, c'est une protection qui s'enclenche instinctivement. Je peux donc effectuer toutes les tâches requises, respecter les échéances, simuler la banalité et même la joie. À un point tel que je dois rappeler à mes confidents que je ne vais pas bien. Cette façade, elle vient de mon père. Personne ne sait ce qui se trame chez moi, personne ne soupçonne ce que je traverse. C'est trop exigeant à partager, je suis incapable d'en prendre davantage sur mes épaules. Je préfère crever l'abcès comme ça, ici.

Dre D. termine notre session en me disant que le travail avance bien. Sur le coup, ça me fait très plaisir, comme si je venais de gagner une récompense. Et puis, quand je me retrouve seule, je me demande vers quoi j'avance au juste.

J'ai pas mal progressé dans l'écriture de ce récit quand je tombe sur *Triste tigre*, dans lequel Neige Sinno témoigne de l'inceste qu'elle a subi aux mains de son beau-père, nous révélant du même coup une plume exquise, doublée d'une riche et vive vie intérieure. C'est évidemment bouleversant, intime et excellent, malgré la douleur et la violence qui émanent des pages. Sa lucidité est frappante, son intelligence manifeste. Elle écrit qu'elle n'est pas sauvée par la littérature. « L'écriture comme thérapie, c'est une vision que j'ai toujours trouvée douteuse. Comme si raconter, se raconter, partager sa souffrance était le chemin vers la rédemption. Ça m'a toujours révoltée, cette idée[14].»

Merde. Je croyais que c'était ce que je faisais. Avec les récents événements, j'avais l'impression qu'écrire allait me permettre de passer au travers, de reprendre un certain contrôle sur ma vie. Évidemment, nos histoires ne se comparent même pas, elle a vécu bien pire et de toute manière l'idée de concurrence victimaire, *ça*, ça me révolte. Elle me fait néanmoins douter de la pertinence de mon processus d'écriture, qui a d'abord été conçu comme un hommage, puis qui s'est révélé au fil du temps une quête, et finalement, je ne sais plus vraiment. Je n'ai pas besoin d'être sauvée. J'ai besoin de me situer, de me redéfinir.

Je ne suis pas «traversée» par la littérature. J'ai entendu l'auteur Kevin Lambert utiliser cette expression à la radio. Je ne suis pas certaine de ce que ça veut dire, mais je sais que ça ne s'applique pas à moi, lectrice lambda. Ou peut-être un peu plus que lambda, parce que j'ai lu *Les Guérillères* de Monique Wittig et que c'était costaud. Je ne suis ni autrice, ni écrivaine, ni romancière. J'avais une histoire à raconter. Une histoire qui, lorsque j'ai tiré sur le fil qui dépassait, s'est avérée être une autre. Et je crois bien que c'est la fin, que c'est un choix qui me revient de stopper ici, d'arrêter de chercher, d'accepter la non-résolution. D'être allée jusqu'au bout.

---

14. Neige Sinno, *Triste tigre*, POL, 2023, p. 265.

Un dimanche d'hiver, ma sœur biologique me répond.

Je ne m'attendais plus à aucune réponse de sa part et voilà son nom dans ma boîte de courriel. La journée s'annonce belle, je n'ai pas envie de tout foutre en l'air, je tolère de moins en moins les rebondissements, mais je lis quand même au cas où.

« *I hope you're doing well, and I'm sorry to hear that. When I said "There's a lot of things you don't know" it was because I was unsure if you knew who your mother was. I also didn't know if you knew that you had other siblings. That was the only thing that I was referring to.* »

Voilà.

C'est tout.

Fin.

Toutes ces histoires qu'on se raconte.

Tout ce qu'on construit, qu'on imagine, pour se tenir.

Tous ces scénarios que j'ai concoctés, accrochée à cette phrase qui me tient en haleine depuis plus de dix ans.

Cette phrase qui ne respecte pas ce qu'elle promet.

Pour couronner le tout, ma sœur biologique n'a rien à dire sur ce que je viens de lui apprendre. Rien à ajouter. Contrairement à son frère (qui n'est pas le porte-parole familial de toute évidence), elle ne m'envoie pas promener.

Je ne sais pas à quoi je m'attendais précisément, mais j'aurais préféré au minimum une stupéfaction. J'aurais préféré, je l'avoue, qu'elle accueille cette nouvelle comme une vérité absolue à laquelle on ne peut que faire face. J'aurais préféré que la charge de la révélation soit partagée entre les enfants, de manière égale, et que notre mère ait des comptes à nous rendre à nous tous. J'aurais préféré faire l'effet d'une petite bombe.

Non.

Elle ferme la porte derrière elle. C'est elle qui a le dernier mot.

Sans Sophie, je n'y arriverais tout simplement pas, c'est elle qui détient la presque totalité des informations. Alors elle m'accompagne dans cette démarche, elle traduit les cultures, elle interprète les non-dits, elle recadre le contexte, mais comme elle est aux premières loges, elle s'en prend plein la figure elle aussi. Elle accepte de m'aider, mais je sais très bien qu'en l'interpellant constamment, je lui casse les oreilles. Et ça l'ébranle. Cette découverte sur notre ADN sème peut-être le doute sur son arbre généalogique. Au moins, elle nous a rapprochées.

Je lui demande de revisiter le passé avec moi. Répéter des choses qu'elle m'a déjà dites. Je vampirise ses souvenirs, je me les approprie. Je l'empêche consciemment de passer à autre chose alors que tout ce qu'elle souhaite, c'est regarder vers l'avant. Je la traîne dans le fond du terrier et elle me tient toujours la main. Elle ne m'abandonne pas. J'ai envie d'ajouter «pas encore». Je lui ai avoué que c'était une crainte réelle, qu'elle m'abandonne, puisque le lien génétique n'existe pas. Je ne voudrais pas qu'elle ait *l'obligation* de m'aimer, même si un jour elle était prise d'une fureur compréhensible et totalement fondée envers moi. Elle m'assure que non.

Je repense à ce moment passé dans le bureau de la Dre Lory Zéphyr lors de notre entretien. «Pourquoi c'est important, les liens du sang?» lui ai-je demandé, pour me confronter à mes principes.

«Ce que ça peut amener, c'est une connaissance de soi», m'a-t-elle répondu avant de m'expliquer que ma sœur est le témoin de mon enfance. Le dernier.

«Il y a quelqu'un qui t'a vue évoluer à travers ta vie, ça veut pas dire qu'on développe une relation profonde, mais elle a quand même quelque chose que les autres n'ont pas.»

Dans ce petit bureau du quartier Hochelaga-Maisonneuve, ma façade a craqué. J'ai été prise de court.

Elle est la dernière dans la chaîne de transmission. Après elle, c'est la fin. Bien sûr, ses enfants et ses petits-enfants vont assurer la lignée, mais il n'y aura plus personne pour raconter cette époque, ce temps où Virginie et Adunya étaient ensemble. Sophie est le seul témoin restant de son enfance. C'est le chef de notre famille.

Depuis que j'ai entamé l'écriture de ce récit, Sophie arrive ponctuellement avec une relique, une archive que j'accueille comme un cadeau.

Il y a cet enregistrement d'une conversation téléphonique entre ma mère et une cousine. Il m'a fallu plusieurs minutes avant de reconnaître la voix de ma propre mère, et j'en veux aux années de m'avoir dépouillée de la capacité à identifier immédiatement ma maman. J'ai tellement voulu chasser l'image de son visage à sa mort, pour ne garder que la beauté de son essence, que j'ai effacé l'essentiel.

À un moment, au cours de cet appel téléphonique, elle parle de moi. C'est très bref, furtif même, au détour de la conversation.

Ce que Sophie voulait que j'entende, c'était Maman dire qu'elle m'aimait inconditionnellement.

Aux fêtes, Sophie m'a remis un dessin que je lui ai offert quand j'avais 13 ans, pour son anniversaire à elle, qu'elle a retrouvé dans une chemise en carton. (Oui, j'ai déjà beaucoup et très bien dessiné, c'était une vraie passion et mes œuvres étaient encadrées et exposées dans l'escalier qui menait au bureau de ma mère.) Le dessin prend un autre sens aujourd'hui. C'est un petit rassemblement d'Africains (j'étais déjà dans la représentativité, en plus il y a des gens de tous les âges et de toutes les morphologies) avec des pancartes sur lesquelles sont écrits les noms de certains pays du continent et des musiciens qui jouent de la flûte peule, du djembé et du oud.

La dédicace me faire sourire : « J'aime beaucoup quand tu me parles de papa et de l'Éthiopie et quand tu m'aides avec mes maths. »

Sans avertissement, elle m'envoie un PDF de *A Tripping Stone : Ethiopian Prison Diary*, un récit de Taffara Deguefé publié en 2003. Elle écrit «pages 281 et 282», que j'interprète comme «à lire impérativement», mais je suis au volant, la lecture devra attendre.

Puis, rapidement, un autre texto : «Encore une relique.» Connivence sororale.

C'est Hailou, le père d'Azeb, le même qui a eu la gentillesse de traduire l'avis de décès de Papa, qui lui avait prêté ce livre du temps qu'elle était retournée vivre à Addis. Le souvenir de ce récit a rejailli dans sa mémoire récemment, elle a mis du temps à trouver qui en était l'auteur, à associer certaines images qui défilaient dans sa mémoire au nom qui y correspondait. Puis, eurêka, ça lui est revenu : Taffara Deguefé était le directeur de la Banque nationale d'Éthiopie, elle a fréquenté la même école que ses enfants, les deux seuls autres Canado-Éthiopiens de sa génération.

Deux pages nous concernent dans ce livre, deux pages où il est question d'Adunya Makonnen. Notre père, cet humain de qualité, mémorable au point de se tailler une petite place dans le journal de prison d'un homme honnête, incarcéré sans raison valable, sans aucune explication, par peur qu'il empêche la révolution de se faire.

Je me rends directement à la page 281. Ça fait déjà trois ans que Taffara est en prison. Il apprend par les journaux la mort du Dr Adunya Makonnen «*with extreme sadness*». Le caractère exceptionnel de Papa est souligné une fois de plus.

«*He received a hero's burial.*»

Une vie héroïque.

Il se remémore leur dernier échange, juste avant son incarcération, ils ont partagé leurs inquiétudes face à leurs épouses parties au Canada par souci de sécurité, pour qu'ils puissent se dévouer à leur travail sans tracas supplémentaire.

Il écrit qu'Adunya est surmené, qu'il a pris un coup de vieux. Il choisit un mot qui ne m'est pas familier : « *careworn* ». « Accablé de soucis. »

Pincement au cœur.

Il se rappelle avec affection leur enfance religieuse à l'école Kotobé, les études bibliques avec une certaine Miss Scott, les railleries des copains.

Lors de leurs retrouvailles à Montréal dans les années 1950, les jeunes hommes s'étonnent de leur sophistication nouvellement acquise. Taffara se décrit comme étant toujours conservateur, même dans sa vingtaine, mais « *Adunya shocked me by inviting me to one of Montreal's swanky nightclubs* ».

J'éclate de rire. Évidemment que mon père fréquentait les boîtes de nuit ! Sophie rit aussi. « Je me demandais si j'avais inventé ça ou si c'était vrai qu'il aimait s'amuser. »

Taffara tisse le récit d'une amitié ponctuelle qui aura duré plus de trente-cinq ans, des vieilles connaissances qui aimaient prendre des nouvelles lorsqu'elles se croisaient. Dix ans plus tard, les deux hommes se retrouvent à Addis : Taffara est le gérant de la banque, Adunya est venu prêter main-forte au développement du corps médical.

Quand Papa a ouvert sa clinique privée, il est naturellement devenu le médecin de famille des Deguefé. Ils formaient cette classe moyenne supérieure, qui croyait au changement, qui l'accueillait. Des hommes qui avaient bénéficié du parrainage de Sa Majesté, qui acceptaient néanmoins son départ pour le bien du pays.

« *We were both poised to serve our country, he as a skilled physician in demand and me as a professional banker. He was more successful in his endeavor than I was.* »

Je siffle d'admiration.

J'ai relu ces deux pages des dizaines de fois en arrivant à la même conclusion.

On ne peut tout simplement pas fuir la prestance de Papa.

Elle plane au-dessus de nos têtes, nous rattrape dans le détour, elle est immortalisée sur papier, dans les souvenirs impérissables des gens qui l'ont connu.

Notre père était incomparable, remarquable, important, et il est impossible de penser le contraire. Il était l'incarnation de l'excellence.

J'ai culpabilisé un temps, pensant avoir plombé son image dans ces pages, éclaboussé le mythe, mais il n'en est rien. Ses erreurs de jugement, ses manquements ne ternissent rien. Il est mort, il est figé dans sa superbe. Grand dans sa dignité.

Dans la boîte aux lettres, il y en a une qui fait plusieurs pages. Elle vient d'un ami de la famille. C'est une lecture qui me rappelle que tout ce que je sais de mon père, c'est à travers les yeux et le ressenti des autres. L'interprétation, les impressions de ce que d'autres ont vécu auprès de lui, avec lui, des témoins privilégiés. Je m'en remets presque entièrement à eux pour me faire ma propre idée.

Dans cette lettre, il allègue que Papa était déçu de la Révolution, fâché de mourir et de ne pas terminer ce travail entamé. Il comptait sur l'après-révolution pour en faire plus, le sentiment du devoir le consumait ainsi que son impression d'avoir été inutile, de ne pas en avoir fait assez.

«Il était trop fier pour se laisser aller devant n'importe qui», écrit cet ami, conscient que c'est sa femme, notre mère, à qui cette missive est destinée, qui en a souffert, que notre père ne pouvait pas – ne savait pas – comment extérioriser ses sentiments. Il semble savoir qu'elle doutait devant les sautes d'humeur de Papa, puisqu'il ajoute : « Il vous aimait, comme il n'a aimé personne sur cette terre, jusqu'à sa dernière respiration. »

Voilà ! Il y avait de l'amour. Ça, je le tiens pour vrai. C'est trop beau.

Comment sait-il tout ça ? Parce qu'ils auraient eu une longue discussion, lui et Adunya, près de deux ans avant sa mort. Il lui confie tout ça maintenant, pour que Maman comprenne que son époux était imprégné d'amour (c'est le mot choisi : imprégné) pour elle, qu'il détestait ses faiblesses.

Je comprends que mon père était un homme de sa génération comme tous les autres, c'est-à-dire capable de grandes choses, mais incapable de nommer ses émotions, encore moins de les comprendre ni de les verbaliser. En partie (et c'est mon interprétation, parce que j'ai envie de me porter à sa défense) parce qu'il avait enfoui ses traumatismes et ses cauchemars au fond de son être. Il n'avait pas envie de nommer ça, de le partager avec quiconque.

« Un homme hors mesure, avec des responsabilités et des limites tout aussi énormes. » C'est ce que cet ami écrit. Il s'excuse d'être aussi franc, mais c'est ce que font les vrais amis. Un homme exceptionnel, une femme exceptionnelle. Mes parents.

Fâché de mourir. On m'a souvent dit ça de Papa.

C'est donc vrai ce qu'on dit. C'est sur notre lit de mort que les remords affluent, nous rappelant nos failles et les gens qu'on a blessés. Qu'il n'y a plus de temps devant, plus aucune chance de réparer.

Parmi les lettres, il y a celle que je garde pour la fin.

C'est celle qui m'est adressée.

Celle que mon père m'a écrite, avant de mourir, dans un élan testamentaire, sachant que nous n'aurions plus de temps ensemble.

Cette lettre n'existe pas.

Je ne raconterai pas sa mort.

Tout ce que je peux dire, c'est que durant les six mois qui ont suivi son décès, je me suis levée la nuit pour le chercher.

On n'a pas pu assister aux funérailles, je l'ai déjà dit.

On dit pourtant que c'est une étape cruciale du deuil, pour toutes les raisons évidentes. Pour aider à faire face à la réalité, pour permettre de dire adieu au défunt, pour se souvenir de l'être aimé ensemble.

Pour aider à guérir. Parce qu'il *faut* guérir.

D'autres ont eu droit à ce rituel. Ça s'est passé en notre absence, loin de nous.

On a accepté la situation, parce que qu'est-ce qu'on pouvait faire d'autre ?

Je ne sais pas si on a fait une petite cérémonie, juste nous trois.

Je n'ose pas demander à Sophie.

Virginie a déjà fait ça, recommencer sa vie ailleurs. Elle sait comment s'y prendre, elle connaît l'acculturation, mais contrairement aux autres fois, il n'y a pas la joie de partir à l'aventure, il n'y a aucune fébrilité de découvrir un nouveau pays au bras de son amoureux, pas de plaisir à décrypter une nouvelle langue.

Elle n'est plus une expatriée bourgeoise.

Elle est veuve et monoparentale. Vaincue.

Elle a presque tout perdu, c'est une réinvention d'un autre ordre.

Elle emménage chez sa mère et sa sœur avec ses enfants, devenues le centre de son monde.

Je la connais, je sais qu'elle a parlé à voix basse à Adunya, qu'elle l'a imploré quand l'abattement s'est fait sentir.

J'ai passé toute ma vie à faire la même chose.

Dans la boîte aux lettres, il y a une fiche en carton sur laquelle Maman a écrit à des amis, un mois après la mort de Papa.

Pourquoi ne l'a-t-elle pas envoyée?

C'était peut-être le brouillon, elle écrivait souvent un brouillon.

Elle leur annonce la mort de son bien-aimé.

«Je ne me souviens pas de vous avoir avertis. Vous dire comme je suis perdue.»

Je voudrais la serrer dans mes bras.

Je voudrais défier la ligne du temps, retourner en arrière à ce moment où j'étais encore enfant, mais la serrer dans mes bras d'adulte.

On ignore ce qui serait arrivé s'il avait survécu. Le divorce probable, la garde partagée intercontinentale... Je ne sais pas comment faire jouer ces scènes, cette réalité inconnue.

Quand j'étais petite, même si on m'avait expliqué la mort, j'ai le souvenir très détaillé d'avoir fantasmé qu'on sonnait à la porte et que c'était lui, Papa, en complet-cravate, en chair et en os.

« C'était une erreur administrative », disait-il en guise d'explication (il me semble que le mot « administrative » existait dans ce fantasme, parce que j'expliquais notre situation par une erreur de paperasse). « C'était un autre corps qu'on a brûlé, ce n'était pas le mien. Pendant tout ce temps j'essayais de venir à votre rencontre, j'essayais de vous rejoindre. »

Je n'y croyais pas vraiment, mais je ne me refusais pas cette impossibilité.

Même si on fonctionnait à trois, il me manquait un morceau.

Nous n'avons aucun enregistrement vidéo ou sonore, que des photos de lui.

Encore à ce jour, chaque fois que je les regarde, une déferlante de questions toutes simples parasitent mon cerveau : mon père marchait-il fort ? À quoi ressemblait son rire ? Est-ce qu'il portait du parfum ?

Qu'est-ce qu'il me disait, à moi ?

Dans son récit *Ton absence m'appartient*, l'autrice Rose-Aimée Automne T. Morin explique comment son père a fait d'elle la femme qu'il considérait comme parfaite. « Une forme de *grooming* dans l'urgence », puisque son père souffrait d'un cancer qui l'a finalement emporté lorsqu'elle avait 16 ans.

Elle se demande si l'abandon est héréditaire, son père ayant abandonné deux lits d'enfants avant d'aimer et d'élever Rose et son frère. J'ai longtemps cru que l'adultère était génétique, que j'étais condamnée à être infidèle. Il s'avère que je suis totalement loyale.

J'ai hérité – comme ma sœur – de l'intégrité de mon père, de son sens du devoir, de sa soif d'équité (peu importe qui se présentait dans son cabinet, il n'y avait pas de traitement de faveur, chacun attendait son tour).

J'ai hérité de ses principes, je suis très à cheval sur les principes. Je suis même championne équestre à cet égard !

J'ai hérité de son défaut de vivre dans ma tête plutôt que dans mon cœur.

Je ne sais pas de qui vient mon sarcasme, ni mon goût pour le sucré.

En deux ans de vie commune, nous avons développé un lien affectif, il y a eu transmission, sans être héréditaire. J'avais du mal à concevoir que c'était possible, mais oui, ça l'est. J'ai été imprégnée de sa présence physique de son vivant, puis nourrie des récits des autres, à partir desquels j'ai ensuite fantasmé des choses.

Je me suis aussi raconté des histoires, pour combler les trous.

Je me suis monté un bateau, j'ai moi-même manipulé mon inconscient.

Est-ce que j'aurais pu faire autrement?

Tout au long de ma vie, on a commenté ma ressemblance physique avec mon père. Encore aujourd'hui, on me la fait remarquer. Au moment où j'écris ce récit, une collègue de ma sœur, après nous avoir vues ensemble, lui dit: «Les gènes, ça ne ment pas.»

Une amie qui ne connaît rien de ma vraie histoire examine la photo de mariage de mes parents. «Tu as le sourire de ta mère», dit-elle, attendrie.

Comment est-ce possible de se construire *contre* ça?

Je suis la somme de mes géniteurs, de Virginie et d'Adunya.

Je ne sais pas ce qui vient de moi, ce que j'ai fabriqué par moi-même.

J'ai longtemps cru que j'avais été imposée à ma mère, qu'elle n'avait pas eu le choix.

Il s'avère que j'ai été choisie. Un acte volontaire.

C'est un lien bâti sur une promesse, c'est peut-être encore plus solide.

Il n'en reste pas moins que mon intégration dans cette famille s'est faite sous de faux prétextes.

Ça représente pour moi une trahison, peu importent les motifs, même si je m'en suis très bien sortie. Même si je ne suis pas à plaindre. Je ne suis pas une survivante du viol ni une rescapée du génocide. C'est mon petit drame personnel, ma petite croix à porter.

C'est un calvaire de vivre ça sans mes parents, de devoir supposer leur réaction.

De décanter leurs souvenirs en leur absence.

Une absence impardonnable.

Les mêmes circonstances affectent les gens différemment, vous feriez peut-être mieux que moi.

L'humour n'est d'aucun secours, je vois mal ce qui pourrait être drôle, mais ça viendra peut-être. Pour l'instant, les chemins dans mon cerveau ne se font pas.

« Ceux qui nous ont induits en erreur ne peuvent pas détruire ce qui a été construit au fil de nos vies », c'est ce que Sophie martèle depuis ce jour maudit.

Elle a absolument raison, rien ne peut effacer ce qui existe.

Je dois trouver, je crois, une manière de me détacher de la réalité biologique pour accepter cette nouvelle constellation familiale. Enfin, ce que je connais d'elle.

Je sais, oui je sais.

Je n'ai pas envie d'aller là.
Je vous entends d'ici.
« Et ta mère biologique ? »
Évidemment que j'y ai pensé.
Évidemment.

J'ai en ma possession trois numéros de téléphone pour la joindre.

Une ligne fixe, un portable et l'autre, je ne sais pas.

J'ai souvent pensé appeler juste pour entendre sa voix et aussitôt raccrocher, comme la petite chipie que j'ai déjà été.

Je ne sais pas si elle est encore vivante.

Je ne sais pas si quelqu'un me tiendrait au courant si elle était en train de mourir.

Je ne sais pas comment j'apprendrai sa mort, ni même si quelqu'un pensera à m'avertir.

Je ne sais pas, le cas échéant, comment je me sentirai.

Je pense que je serai OK, que j'assumerai mes choix.

Je l'admets, une infime part de moi a envie de débarquer là-bas, à Addis-Abeba, avec Sophie.

Pour lui mettre mon test ADN sous le nez, la forcer à révéler sa part de secret.

Exiger des explications pour enfin connaître la vérité, toute sa vérité.

Un voyage de cicatrisation.

Mais je n'en ai ni la force ni le courage.

Je déteste l'inconnu, je n'aime pas les surprises.

Je suis à court de manière d'accueillir les émotions.

À court de mécanismes de défense.

Je suis à sec.

Les réponses devront attendre.

En attendant ces informations que je ne suis même pas sûre de vouloir, je mène ce qu'on pourrait appeler une enquête.

J'ai multiplié des hypothèses que je ne peux pas corroborer, je suis dans l'édification de théories.

J'ai écrit, par exemple, que ma sœur de naissance fermait la porte derrière elle.

Qu'est-ce que j'en sais ?

Ce que je sais, c'est que j'existe dans son esprit.

Peut-être cherche-t-elle les bonnes choses à dire, entre deux silences.

Du temps.

Une réponse de ma part.

La balle est dans mon camp, selon les conventions. La porte est entrouverte.

C'est aussi moi qui me défile.

Pourquoi j'ai écrit tout ça?

Drôle de posture que celle de scénariser le réel.

Pour me libérer.

Pour l'ancrer dans l'Histoire.

Pour éclairer le passé.

Pour préserver la mémoire, prouver leur existence.

Pour faire revivre mes parents. Pour la résurrection imaginaire.

Pour (vous) permettre de comprendre.

Découvrir que je n'ai pas de liens sanguins avec ma famille, c'est une révélation qui explique mon rapport au monde. Je suis évasive, méfiante, je conserve un bras de distance avec les autres. Je croyais que c'était de nature, mais peut-être que non.

C'est quelque chose qui vient déplacer mes frontières intérieures.

Je repense à un truc qu'Elisapie m'avait dit, en fin de conversation. « Je pense qu'inconsciemment on ressent des choses, des comportements, une énergie, et quand on réfléchit on se dit qu'il y avait quelque chose *that's always kind of been there*, un genre de secret. Peut-être que ça a toujours été là. Faut accepter, on est toujours complice, parce qu'on le sentait et qu'on avait besoin de fermer les yeux pour se protéger. Parce que c'était douloureux. »

Ça me glace le sang et ça me fascine à la fois, parce que je m'y reconnais.

C'est l'impensé connu ou le non-pensé connu. Un concept en psychanalyse, apparemment. L'autrice Dani Shapiro s'y réfère pour expliquer son obsession pour les secrets de famille, déclinée sur plusieurs mémoires avant qu'elle découvre la vérité sur ses origines. Ce que l'on sait, mais qu'on ne se permet pas de penser. Ce qui est tu, entreposé dans un recoin du corps. Quelque chose de scellé au fond de moi-même, tellement profond que je n'y avais pas accès jusqu'à ce catalyseur. Je n'ai pas le choix d'y croire. Je cherche un sens où il n'y en aura jamais.

Qui sont nos parents avant qu'on vienne chambarder leur existence ?

J'ai voulu recréer les vies antérieures des miens, pour comprendre les choix qu'ils ont faits, mieux cerner leurs désirs, leurs projets.

Je les ai rapiécées, minimalement, à partir de ce que j'ai trouvé.

Cartographié leur amour.

À partir des confidences qui changent ma perception du passé.

À défaut de leur avoir demandé de leur vivant, j'ai essayé d'avoir accès à leur intériorité.

Ce travail m'a permis de comprendre à quel point il me manquait la vue d'ensemble.

À quel point j'ai pensé nos vies, notre histoire en fonction de moi-même.

À quel point le tableau était incomplet.

Leurs vies héroïques, des parcelles de vie du moins.

La mienne, en comparaison, si ordinaire.

Qu'est-ce que je peux faire pour être à la hauteur?

Porter leur mémoire.

À la manière d'une historienne, je suis tentée de considérer le passé à la lumière du présent. C'est là l'erreur, c'est là où je fais fausse route.

Comme me le dit doucement Sophie, notre histoire, déjà complexe, a été complexifiée davantage par le contexte social et géopolitique. À travers le prisme occidental, d'où j'écris en ce moment, je me rends compte que la façon dont on conçoit les familles, les relations entre enfant et parents sont sujettes à la culture et aux époques dans lesquelles on vit.

Je ne leur en veux pas.

Je ne leur en veux plus.

Pour le moment.

Je me réserve le droit de changer d'idée.

Sur un coup de tête ou après une longue réflexion.

Il n'y a pas de conclusion à cette histoire, je ne sais pas ce que l'avenir nous réserve, qui peut se manifester, ressurgir du passé.

Je ne peux pas être au-devant de l'histoire, je n'ai aucune longueur d'avance.

Est-ce que je suis le secret de mon géniteur?

Est-ce que lui aussi s'abstient de divulguer toute la vérité aux êtres aimés?

Veut-il conserver l'anonymat?

Sait-il même que j'existe?

Je n'ai pas fait le tour de cette histoire.

L'histoire est inachevée.

Malgré le fait que tout est imprimé, immortalisé sur ces pages, il n'y a pas de finalité.

Je réfléchis beaucoup au deuil.

Cette idée qu'il change de costume avec le temps, je ne suis pas certaine d'être d'accord.

Je crois davantage que c'est quelque chose comme un exosquelette (ou un endosquelette?), c'est-à-dire une structure qui fait partie de soi, dont on ne peut se défaire.

Ou c'est un état en dormance, sans cesse renouvelé par la moindre chose. Un souvenir, une parole. Tomber dans la lune.

Parfois je pense qu'une part de moi est endeuillée en permanence. Que mon état neutre est le deuil.

C'est pathétique, je sais.

Je n'en reviendrai jamais.

Je fais avec, mais je n'en reviendrai jamais.

Ça ne sert à rien de me dire de dédramatiser, de relativiser.

Pour moi, c'est un choc. Les ondes sismiques se feront sentir longtemps.

Le jour où je dois remettre ce manuscrit, j'apprends que Sarah Polley participe à une causerie dans une librairie pas très loin de chez moi.

Ça ne peut pas être un heureux hasard, c'est un signe évident.

De quoi ? Je ne suis pas sûre, mais il y a clairement une force extérieure, quelque chose de plus grand que moi qui tire les ficelles, qui me pousse dans le dos pour que j'avance. Cette injonction-là, je ne la conteste pas.

Je me débrouille pour avoir une place, faisant aller toutes mes connexions.

Elle est à Montréal pour promouvoir la version traduite de *Run Towards the Danger*, son recueil d'essais. La salle est bondée de gens venus l'entendre se raconter, je reconnais des autrices, des actrices, des dramaturges, toutes venues, comme moi, cueillir un peu de son génie et de sa sensibilité. Des vibrations au diapason.

Stories We Tell. Les histoires qu'on raconte. J'avais vu son film en 2012, à sa sortie, un an après la mort de Maman, et me voici assise en face d'elle.

Je suis à la fois émue d'être en sa présence et fébrile, parce que j'ai la certitude que je devrai m'exposer témérairement pour l'interpeller.

J'ai aussi l'impression qu'elle ne s'adresse qu'à moi, ce qui témoigne de l'état altéré dans lequel je viens d'entrer.

Je veux tout capter d'elle.

Cette femme et moi avons vécu la même chose. Un espace liminal partagé. L'effet miroir.

Est-ce que je respire ? Je n'ai pas la sensation de respirer ni de retenir mon souffle.

Je la scanne de la tête aux pieds, je bois ses paroles.

Elle est à la hauteur de nos attentes, c'est-à-dire charmante, vive d'esprit et pleine d'autodérision.

« Vous ne m'ennuierez pas avec vos histoires », nous rassure-t-elle.

Ça y est. Feu vert. Permission accordée de faire du *trauma dumping*.

L'entretien se termine, je me lève sans vraiment m'en rendre compte.

Ma collègue Émilie Perreault, qui a mené l'entrevue, me la présente avec sollicitude pendant que derrière nous on installe un petit endroit où elle pourra faire ses dédicaces. Cette femme possède le don d'entrer en relation très facilement avec les gens.

Je lui déballe mon sac en chuchotant et il se passe quelque chose de prodigieux.

Mon histoire n'est pas banale, je tiens quelque chose, Sarah Polley me le confirme par ses réactions.

Elle est tout ébaubie. (Ou c'est son talent d'actrice dont je suis témoin, mais je ne succombe pas à cette théorie défaitiste.)

Elle s'exclame, sa bouche grande ouverte quand je dévoile le *punch*.

Ce dont j'ai besoin, ça me vient à cet instant précis, c'est de comprendre comment m'approprier ma vie à la suite de cette révélation.

Comment apprivoiser cette nouvelle existence.

Parce que tout ce que j'ai lu jusqu'à présent sur l'agentivité, l'art de reprendre le contrôle de mon arc narratif, l'occasion parfaite pour enfin m'enraciner, le « pouvoir » qui me revient subitement, tout ça ne me dit rien.

Mais Sarah Polley est la preuve que c'est possible.

Elle a franchi le mur, elle est passée de l'autre côté.

« *I am devastated that I am not his daughter*, lui dis-je. *How did you become yourself after that discovery ?* »

« *A lot of therapy* », me répond-elle dans un éclat de rire, puis : « *One day, it won't even matter that much.* »

Un jour, prétend-elle, ça n'aura plus tant d'importance.

Une nouvelle phrase à laquelle m'accrocher. Une promesse qui me pend au bout du nez.

Cet après, il est à ma portée.

Je suis traversée par un courant électrique et c'est ce qui me transporte jusqu'à ma voiture où je crépite, tout mon corps pétarade.

Agrippée au volant, je pleure de soulagement : elle m'a carrément tirée des limbes.

Je ne me souviens pas d'un moment de ma vie où j'ai sérieusement voulu un enfant, où j'ai envisagé être mère pour de vrai.

La grossesse ne m'intéressait pas, la parentalité non plus.

J'ai déjà imaginé ma descendance, je l'avoue, mais il n'y en aura pas.

Je ne laisserai pas de trace.

Je suis la première et la dernière.

Il y a une espèce de fracture qui me convient.

Les fantômes sont là depuis toujours, ils ne me quitteront pas. Je suis bien avec eux.

Mais il faut passer à autre chose.

Il faut se consacrer aux vivants.

Remerciements

Sophie Makonnen, pilier de la famille, mais aussi archiviste-recherchiste-interprète, pour m'avoir tenu la main et le cœur jusqu'ici.

Louis-Jean Cormier, pour avoir gardé le secret à son corps défendant et pour le filet de sécurité tissé de bras amoureux.

Sandra Saint-Hilaire, pour le service essentiel de premier répondant.

Thimalay Sukhaseum, pour la première lecture.

Marilou Hainault, pour les encouragements et la gestion du doute.

Elisapie Isaac, pour l'éclairage généreux.

Mara Joly, pour le grigris ancestral.

Sarah-Maude Beauchesne, Amandine Gay et Rose-Aimée Automne Tardif-Morin pour les tête-à-tête et les paroles rassurantes.

Émilie Perreault, pour les ateliers d'écriture déguisés en chroniques radio.

Mathilde Corbeil, pour la délicatesse.

Patrick Tremblay, pour l'idée.

Dre Rompré, pour les suivis sanguins-somatiques.

Dre Daigle, pour l'accompagnement nécessaire.

La petite équipe de Librex : Marie-Eve Gélinas, Marike Paradis, Raphaelle Harvey, Frédérique Grenouillat, Christine Hébert et Caroline Lafrance, pour la sensibilité et le savoir-faire.

Lolita, consolante, colocataire, témoin de vie, premier public, pour l'amour inconditionnel et le réconfort.

Papa et Maman, évidemment.

Restez à l'affût des titres à paraître
chez Libre Expression en suivant Groupe Librex:
facebook.com/groupelibrex

editions-libreexpression.com

Cet ouvrage a été composé en Adobe Caslon 12,25/15,5 et achevé d'imprimer
en décembre 2024 sur les presses de Marquis Imprimeur, Québec, Canada.